Renate Purper

Die Frauen
aus dem Moor

Roman

www.tredition.de

© 2018 Renate Purper

Verlag und Druck: tredition GmbH, Hamburg

ISBN
Paperback: 978-3-7469-6898-8
Hardcover: 978-3-7469-6899-5
e-Book: 978-3-7469-6900-8

Ich möchte mich bei meinem
Mann bedanken,

der mir dabei geholfen hat,

dieses Buch zu veröffentlichen

Inhalt

KAPITEL 1

„Papa, Papa, raus aus den Federn. Wir
haben schon wieder mal verschlafen."
Mit diesen Worten wurde Otwin aus seinem schönen Traum gerissen.
Er hatte immer den selben Traum, in
dem war er so nah bei ihr.
Wie sehr vermisste Otwin seine geliebte
Frau.
„Was ist los?", murmelte er und drehte
sich auf die andere Seite. Valerie, seine
Große, wie er Sie immer nannte, zog ihm
die Bettdecke weg. „Du Schlafmütze,
steh auf, wir müssen zur Schule und du
zur Arbeit." „Wie spät ist es?" „Es ist
schon sieben Uhr!" „Was, schon so spät?"

Er setzte sich auf die Bettkante und
kratzte sich am ganzen Körper. Dann
wühlte er sich durch seine schon etwas
angegrauten Haare. Ferdinand, sein
jüngster Spross, schaute sich das Treiben
von der Tür aus an. „Papa warum
machst du das?" „Was mache ich? " „Du
weisst schon, das da." „ Ach das, du
meinst das mit den Kratzen? Das machen
alle Papas wenn sie aufstehen." „ Mache

ich das auch mal?", wollte Ferdinand
wissen.„ Ja, mein Kleiner, geh in die Küche, ich komme gleich nach." Er duschte
schnell und zog sich an.
Als er in die Küche kam, roch es nach
frisch aufgebrühtem Kaffee und der
Tisch war gedeckt.

Er war stolz auf seine Kinder und er
konnte sich auf sie verlassen. Das war
gut so, denn es gab manchmal Tage, an
denen wäre er am liebsten woanders.
Aber er musste an seine beiden Kinder
denken, die ihn brauchten.
„Was liegt heute alles an?", fragte Otwin,
als er in die Küche kam. „Papa, das können wir auf der Fahrt zur Schule besprechen. Los komm schon, sonst sind wir
wieder zu spät."

Auf dem Weg zur Ausfahrt kam ihnen
Alma entgegen. Sie fuhr einen VW Käfer
aus den Siebzigern, er sah für sein Alter
noch ganz gut aus. Als beide Fahrzeuge
nebeneinander standen, öffnete Otwin
sein Fenster und begrüßte die Haushälterin.

„ Guten Morgen Alma." „ Morgen, Herr Winterstein, Morgen, Kinder." Valerie und Ferdinand, die hinten saßen, begrüßten sie mit einem leisen „Hallo Alma".

„Alma, ich habe ihnen einen Einkaufszettel und das Geld auf den Küchentisch gelegt."

„Ach Alma, Sie müssen auch noch meinen Anzug aus der Reinigung holen!"Aus dem hinteren Bereich vom Wagen ertönte ein lautes Geschrei.„ Papa, wir müssen. Alma weiß was sie zu machen hat."

Schließlich ist sie schon seit vielen Jahren bei uns." „Herr Winterstein, Sie wissen doch dass! Sie sich auf mich verlassen können.

Nun fahren sie, die Kinder, müssen zur Schule und sie zur Arbeit. Ich komme schon klar."Alma kam ins Haus, da waren die Kinder noch sehr klein. Valerie war fünf und Ferdinand gerade drei Jahre Alt Frau Winterstein hatte sie nie kennen gelernt.

Otwin war mit den Haushalt und den Kindern überfordert. Er erzählte niemandem etwas über den Verbleib seiner Frau. Wenn er darauf angesprochen wurde, wurde er sehr traurig und verlegen.

Die Leute im Ort machten sich so ihre eigenen Gedanken über den Verbleib der Frau Winterstein. Die einen meinten, sie ist auf und davon und andere sagten, dass so eine junge Frau es doch nicht in einem unmittelbaren Moorgebiet lange aushält. Wo es unheimlich ist und dazu noch spuken solle.

Valerie war vier und Ferdinand gerade zwei als sie für immer verschwand.

Das war damals für Otwin sehr schlimm, er machte sich Vorwürfe. Wäre er doch mit ihr weggezogen, dann würde sie noch bei ihm sein.

Die Leute aus dem Ort hatten ihn gewarnt. Sie erzählten ihm, es solle sich vor vielen von Jahren zugetragen haben, dass ein junges Mädchen im Moor verschwand. Alle Versuche, sie zu finden, waren vergebens.

Otwin setzte die Kinder an der Schule ab und fuhr in Richtung seiner Arbeitsstelle. Gehetzt und abgespannt, betrat er die große Galerie, in der um diese Zeit schon viele Menschen waren.
Er wurde freundlich gegrüßt, Otwin grüßte zurück und ging zum Aufzug.

An den Aufzug stand wie immer eine Menschenmenge, die alle in ihr Stockwerke wollten.

Als er endlich mitfahren konnte, war es schon wieder einmal 20 Minuten über seiner Zeit.
Auf dem Weg zu seinem Büro kam ihm Paul, sein Arbeitskollege, entgegen.
„ Morgen Otwin, auch schon da?" sagte er mit einem hämischen Lächeln.
„Du solltest dir einen Wecker zulegen!" und verschwand in seinem Büro.
Im Büro angekommen, setzte er sich erst mal und atmete tief durch.
So konnte es nicht mehr weiter gehen, er musste etwas ändern.

Als er so in seinen Gedanken versunken war, klopfte es an der Tür.

Sein Freund und Kollege betrat den Raum.„ Hey Otwin", mit diesen Worten begrüßte ihn Karl. „ Ach Karl, du bist es, ich dachte schon der Alte wäre es?" „ Otwin, als dein guter Freund möchte ich dir im Vertrauen sagen, dass die von oben dich auf dem Kieker haben."

„ Wie siehst du eigentlich aus, hast du dich schon mal im Spiegel betrachtet?" „Du übertreibst Karl, so schlimm kann es doch nicht sein."„ Hast du mal auf deine Strümpfe geschaut?" „ Was soll damit sein?" „ Schau es dir an Otwin, es sind zwei verschiedene Farben. Wer zieht schon einen roten und einen grünen Strumpf zu einem blauen Anzug an?"„Ach Karl, du kennst dich in der Mode einfach nicht aus. Das ist jetzt In." „ Otwin, das glaubst du doch selbst nicht." „ Karl, geh mir nicht auf den Keks, was willst du noch?" „ Hedda lässt fragen, ob du und die Kinder am Wochenende zum Barbecue kommen?" „ Ich werde die Kinder fragen und gebe dir Bescheid, grüße Hedda von mir."

Karl verließ das Büro und so konnte Otwin sich seiner Arbeit widmen. Die machte ihm schon lange keinen Spaß mehr. Am liebsten hätte er alles hingeschmissen und würde wieder in die Stadt ziehen. Aber das war jetzt nicht mehr so einfach, denn er war ja nicht allein.
Da kann er nicht einfach so in die Stadt ziehen. Sie müssten ihre Freunde aufgeben und dann kommt noch das Haus hinzu. Die Kinder lieben das Haus, und wo es steht. Da können sie unbeschwert Kind sein, ohne dass sich einer an dem Lärm gestört fühlt.

KAPITEL 2

Das Haus hatte er vor 20 Jahren von seinem Onkel Will geerbt. Als Otwin noch Kind war, sagte sein Onkel immer zu ihm:„Otwin, wenn ich nimmer bin, bekommst du das Haus."
Otwin wollte das nie hören, denn er mochte seinen einzigen Onkel sehr. In den Ferien durfte er ihn immer besuchen.

Er bewunderte ihn, dass ein Mensch allein in so einer einsame Gegend auf einem Hügel ein Haus baute und da auch wohnte. Das Haus wurde so angelegt, dass man von der Veranda aus auf die einzige Straße schaute, die zum Haus führte..

So konnte er sehen, wer da kommt. Weil es so hoch steht, kann man in ein Tal blicken, das mit verschiedenen Bäumen und Sträuchern bewachsen ist. Ein Fluss schlängelt sich durch. Wenn man da so steht und in die Ferne blickt ,denkt man, man wäre dem Himmel so nah. Es kommt einem ein unbeschreibliches

Glücksgefühl und man spürt die Freiheit dabei.

Den Garten nutzte Onkel Will, um sein Gemüse und Kräuter anzupflanzen. Er setzte auch noch einige Obstbäume, die noch heute stehen.

„Herr Winterstein",Otwin hörte im Unterbewusstsein seinen Namen rufen. Das Gefühl, das er damals als Kind verspürte, verflog. „Ja, Herr Holm ,ich habe sie vor lauter Arbeit nicht klopfen gehört. Was kann ich für sie tun? "„Herr Winterstein, könnten sie mir die Umsatzliste vom letzten Monat raussuchen?"„ Natürlich Herr Holm, bis wann brauchen sie sie? „

„So schnell wie möglich." „Ach so Herr Winterstein, wenn ich schon mal hier bin, sie wissen doch, dass der Chef übermorgen seinen Runden hat. Da hat die Belegschaft eine kleine Feier organisiert. Wollen Sie sich da auch an den Kosten beteiligen?"

„Ja, natürlich Herr Holm, was hat da jeder gegeben?" „ Wir haben in der Kantine eine Box, da können Sie etwas hinein-legen."

Am Abend, bevor Otwin nach Hause fuhr, machte er noch erst Halt bei seiner Stammkneipe. Einmal in der Woche ging er in seine Kneipe, um auf andere Gedanken zu kommen. Otwin kennt einige der Stammgäste, die ihn beim Betreten der Kneipe mit einen lautem Hallo altes Haus begrüßten.„ Komm setz dich her und trink erst mal ein Bier!"

„Du siehst aber Scheiße aus!",„Ach, Peter wenn du das um die Ohren hättest, was ich habe, sehest du auch so aus." Otwin wurde auf den neusten Stand der Dinge gebracht, die sich im Ort zugetragen haben. Peter meinte.,„ Du solltest dir eine Frau suchen, dann kommst Du wieder zur Ruhe! Ich hätte da auch schon die richtige für dich."

„Thomas Schwester, die sieht gut aus und kann lecker kochen." Die anderen in der Runde mussten lachen.,„ Was gibt es

da zu lachen ihr Bauern?" „Na, Du musst
es ja wissen Peter, du bist schließlich eine
Zeitlang bei ihr ein und aus gegangen."
„Da war nichts, sie hatte mich gefragt, ob
ich bei ihr das eine oder andere reparie-
ren könnte."

„Ach, so nennt man das heute?" Alle
lachten, außer Peter, er war etwas verär-
gert darüber.

Otwin trank noch ein Bier, schaute auf
seine Uhr und meinte, es ist spät. Meine
beiden lieben Kinder werden schon un-
geduldig auf mich warten. Er verabschiedete sich, bezahlte sein Bier und ging
zum Auto. Es war in der Zwischenzeit
dunkel geworden.

Die Straßen waren kaum mehr befahren.
Das Fernlicht ließ die Bäume wie Unge-
heuer erscheinen.

In diesem Moment musste er an seinen
Onkel denken. Der für ihn außergewöhn-
lich in seiner Art war. Will erzählte niemals etwas über die Frau, die bei ihm einige Jahre lebte.

Otwin lernte diese Amanda kennen, da
war er 15; er durfte die Sommerferien
hier verbringen. Amanda war anders als

die Frauen im Ort. Sie gab sich in ihre
Art frei und unbeschwert. Die Kleider,
die sie trug, waren ungewöhnlich, aber
die passten zu ihr.
Ihr langes gelocktesHaar wurde mit vielen bunten Federn getragen.
Sie trug nie Schuhe, egal, ob es Sommer
oder Winter war. Als Otwin sie mal darauf ansprach, meinte sie, wozu braucht
man Schuhe?
Sie sind unbequem und drücken nur.
Ihre Art verlieh einen Zauber, der sich
auf dem ganzen Berg verteilte und bis
heute besteht. Amanda sagte einmal zu
Otwin:„Halte dich vom Moor fern, das in
der Nähe vom Wald ist!" Das war es gerade, was mich in meiner Jugend faszi-
niert hatte. Dieses Moor, was es nahm,
gab es nimmer wieder. Will verbrachte
Stunden dort, nach dem Amanda verschwand. Er beschwörte regelrecht das
Moor, ihm seine geliebte Frau wieder zu
geben. Ich verstand damals noch nicht,
um was es da ging.

Als Otwin in die Einfahrt bog, war es 22
Uhr. Die Kinder waren bestimmt schon

im Bett. Wie so oft, wenn er erst in der Nacht nach Hause kam.

Er ging leise ins Haus, um sie nicht zu wecken.

Auf Zehenspitzen betrat er die alte knarrende Holztreppe.

Ein Gefühl von Vertrautheit und Geborgenheit überkam Otwin, als er an die Tür kam, in der sich seine geliebte Frau immer aufhielt, wenn er später nach Hause kam.

Er ging weiter in Richtung Schlafzimmer, als er Ferdinand aus seinem Zimmer weinen hörte.

Behutsam öffnete Otwin die Tür. Der Vollmond schien in den dunklen Raum, so konnte er ihn sehen, der wie ein Häufchen Elend in seinem Bett saß. Otwin ging auf ihn zu, setzte sich auf den Bettrand und fragte ihn:„ Schon wieder schlecht geträumt?"„ Ja Papa, diese Träume lassen mich nicht in Ruhe. Die sind so real, als wenn ich mitten drin wäre, und dann kommt immer eine Frau, die sieht der Mama so ähnlich. Sie nimmt mich aus meinem Bett und läuft mit mir zum Moor. Da fange ich an zu weinen und zu schreien. Aber keiner kommt mir zu Hilfe". „Papa, warum tut sie so was?"

„Ferdinand, das würde sie nie tun, dafür hatte sie dich viel zu lieb.
Das sind nur Träume, die im Unterbewusstsein passieren."
Otwin streichelte seinem Sohn über den Kopf und deckte ihn mit der Bettdecke zu. „Schlaf jetzt, es sind nur Träume!"

Er wusste, dass es nicht nur die Träume waren. Seine geliebte Emilja kam immer, wenn sie Sehnsucht nach ihre Familie hatte. Otwin spürte Ihre Anwesenheit und in seinen Träumen waren sie vereint.
An diesem Abend schlief er gleich ein.

KAPITEL 3

Aus der Küche kam ein lautes Klappern. Otwin schreckte auf und schaute auf seinen Wecker. In diesem Moment wußte er nicht, wo er war. So tief und fest hatte er schon lange nicht mehr geschlafen.
So weit er sich erinnern konnte, war heute Samstag. Da schlafen die zwei doch immer bis mittags. Wieso sind sie heute schon auf, wir haben es erst 11Uhr? Ach ich habe ganz vergessen, sie zu fragen wegen des Barbecues.

In diesem Moment ging die Tür auf und seine zwei standen mit einer Torte , auf der „Happy Birthday" mit bunten Kerzen brannten, vor ihm.
„Papa, jetzt musst du die Kerzen auspusten und dir dabei was wünschen! Papa, Du vergisst immer deinen Geburtstag, meinte Ferdinand!"
„Schön, dass ich euch habe, ihr erinnert mich immer daran, dass ich älter werde."

Otwin blies die Kerzen mit geschlossen Augen aus und dachte an seine geliebte

Emilja. Heute an seinem Vierzigsten würde sie ihn besuchen.
Das hatte sie ihm damals, als sie verschwand, versprochen.

Er sprang aus seinem Bett. Seine Kinder liefen voraus in das untere Stockwerk, wo sich das Wohnzimmer befand, und riefen aufgeregt nach ihm.„Papa, komm, beeil Dich!" „Ich komme, schließlich bin ich jetzt schon ein alter Mann, da geht es nicht mehr so schnell."
Unten angekommen, riss er die Tür zum Wohnzimmer auf, da kam ihm eine laute Überraschung „entgegen.

All seine Freunde und Nachbaren waren anwesend. Otwin war so gerührt, dass nur ein Gestammel von ihm herauskam. Valerie und Ferdinand sahen sich an und meinten, das war ja eine gelungene Überraschung.
Klaus hakte sich beim Otwin ein, der immer noch sprachlos dastand.

Beide gingen hinaus in den Garten. Die anderen folgten ihnen.

Es war ein schöner Maimorgen, die Sonne meinte es heute besonders gut mit ihnen. Der Garten war so hergerichtet, man hätte denken können, es würde ein Kindergeburtstag gefeiert. „Wann habt ihr das gemacht?", fragte Otwin seine Kinder. „Wir hatten viele Helfer, außerdem kamst du sehr spät nach Hause."

Es war eine gelungene Feier, eine Gruppe von Jugendlichen machten Musik. Alle hatten ihren Spaß, es wurde ausgiebig gelacht und getanzt. Am späten Abend wurden die Gäste immer weniger. Klaus und Hedda halfen Alma beim Aufräumen. Otwin und die Kinder brachten den Garten wieder in Ordnung. Müde und abgespannt verabschiedeten sich Klaus und Hedda.

„Das Barbecue holen wir nächsten Samstag nach", rief Hedda auf dem Weg zum Auto."
Otwin und die Kinder gingen zufrieden ins Haus.Sie setzten sich gemütlich aufs Sofa.„ Papa, wir haben noch ein Geschenk für dich,"sagten beide im Chor.

Valerie übergab Otwin ein kleines Päck-
chen, dass in grünem Papier eingepackt
war.

Er öffnete es vorsichtig. Ferdinand und
Valerie schauten sich an und kicherten.
Otwin meinte:„Was gibt es da zu ki-
chern, kommt mir beim Öffnen etwas
entgegen?"Da mussten sie so lachen:„
Papa, da ist nichts Schlimmes drin, nur
etwas Schönes!" Erwartungsvoll öffnete
er es. Als er sah, was zum Vorschein
kam, berührte es ihn sehr, so dass er weinen musste.
Es befand sich darin ein Amulett und ein
Bild.
Darauf war seine geliebte Emilja mit den
Kindern zu sehen. Das Amulett hatte er
ihr gegeben, als sie sich kennenlernten.
Otwin drückte das Bild mit dem Amulett
an seine Brust.
„Ist das nicht schön, Papa?"„Woher habt
ihr das?" „Das haben wir neulich auf
dem Dachboden in einer Kiste ent-
deckt."„ Da sind noch viele Bilder, Kleidung und Schmuck von Mama drin. Du
hast ja alles von ihr aufgehoben. Papa sie

wird nie mehr zurückkommen. Sie hat uns bestimmt schon vergessen."

Otwin brachte es nicht übers Herz, ihnen zu erzählen, was damals geschehen war. Er sagte nur, dass ihre Mutter gehen musste. Wohin sie ging, verschwieg er. Ob sie jemals wiederkäme, wusste er zu diesem Zeitpunkt auch nicht.

„Ich danke Euch dafür, ich habe in den Jahren alles verdrängt."

„Papa wenn wir gewusst hätten, dass es dich so schmerzt, hätten wir das nicht gemacht." „Es ist schon gut Kinder, ihr habt es nur gut gemeint."

„Ihr konntet es ja nicht wissen, dass es mir so wehtut."„Wisst ihr, eure Mutter war etwas Besonderes. Als ich sie kennenlernte, war sie noch so jung. Sie hatte eine Art, die mich verzauberte. Ich verliebte mich in dem ersten Augenblick, als ich sie sah. Ihre Erscheinung war so zierlich, die Haut blass und die langen schwarzen Haare hingen über ihrem Rücken."

Sie trug nur ein kurzes buntes Kleid, so konnte man ihre weißen dünnen Beine sehen. An den Füßen trug sie keine Schuhe.
Ich wunderte mich damals, dass es ihr nicht kalt war. Denn wir hatten erst Anfang März, und da gab es noch viele kalte Tage. Ich zog meine dicke Jacke aus und legte sie ihr um die Schultern."

Valerie und Ferdinand hörten Otwin gespannt zu. Sie unterbrachen ihn nicht, sie wussten, dass es ihm schwerfiel darüber zu sprechen.
Emilja war seine erste und einzige große Liebe.
„Kinder, es ist spät, ihr seid bestimmt müde?"
„Nein Papa, wir wollen mehr über unsere Mutter erfahren!"
„Ein anderes mal Kinder." „Papa, das sagst Du immer."
„
Jetzt ab in die Betten, ich bin auch müde, das war ein schöner langer Tag gewesen!"

Sie gaben ihrem Vater einen dicken Kuss
und mit schwerem Herzen gingen sie in
ihre Zimmer. Man hörte noch das eine o-
der andere Geräusch. Kurze Zeit später
war es still im Haus. Otwin blieb noch
eine Weile so sitzen.

Er wusste nicht, wie lange er so dagesessen
hatte. Die Uhr zeigte drei Uhr morgens. Die Erinnerung an seine Frau ließen ein Glücksgefühl aufkommen, wie er
es schon lange nicht mehr hatte.

Das Gefühl der Erregung ließ ihn nicht
zur Ruhe kommen. So entschloss er sich
noch einmal, hinaus zu gehen. Der Vollmond schien so hell wie schon lange
nicht mehr.
Er blickte in Richtung Moor und es zog
ihn dorthin, wo alles begann.
Der Lichtstrahl vom Vollmond wies ihm
den Weg. Diese Nacht war magisch
und seine Erregung stieg immer mehr.
Von Weiten sah er eine Gestalt stehen.
Sein Herz raste vor Aufregung, es war
seine geliebte Emilja, die dort stand und
auf ihn wartete. Als er sie erreicht hatte,
fielen sie sich in die Arme.

Otwin streichelte zärtlich sie über ihre Haare. Die noch genau so waren, als sie ging. Sie küssten sich leidenschaftlich. „Meine geliebte Emilja, endlich kann ich dich in meinen Armen halten. "

So viele Jahre sind vergangen, voll Schmerz und Sehnsucht nach dir, die von Tag zu Tag immer unerträglicher wurden." Emilja fing leise an zu weinen, er küsste jede ihrer Tränen und sagte zu ihr:„Wir wussten damals, was auf uns zu kam. Wir haben nur nicht mit dem Schmerz und der Sehnsucht gerechnet, die so groß sein würde."

„Die Kinder konnten es bis heute nicht verstehen, dass ihre Mutter ging.
Sie werden es verstehen, wenn sie alt genug sind und die Wahrheit erfahren."
Er legte seine große Hand auf ihren Mund, so dass sie verstummte.
Zärtlich fing er sie an zu küssen und seine Hände streichelten sanft ihre Brüste.
Beide waren so erregt, dass sie im Rausch voller Sehnsucht und Verlangen waren.

Der Mond war Zeuge ihrer Liebe.
Sie liebten und küssten sich. Es wurde
schon hell, Emilja löste sich langsam aus
seiner Umarmung. „Ich muss gehen
mein lieber Otwin, wir werden uns bald
wiedersehen!"

Er küsste sie noch ein paar Mal und flüsterte ihr seine Liebe ins Ohr.
„Ich möchte mit dir gehen Emilja!",„Nein
Otwin, du und die Kinder ihr seid noch
nicht so weit. Habe noch etwas Geduld,
es wird die Zeit kommen, da sind wir
wieder vereint!" „Werde ich dich je wi-
dersehen?" „Ja, sehr bald mein geliebter
Otwin.",„Wie werde ich es wissen?",„Der
Wind wird es dir sagen!"
Dann ging sie hastig in Richtung Moor.
Otwin schaute ihr nach, bis sie nicht
mehr zu sehen war.

Er lebte auf diesen Moment hin.
Als er ins Haus kam, war es ruhig und
so friedlich.
Er war noch eine Weile wach, denn die
Gedanken ließen ihn nicht zu Ruhe kommen. Bis er endlich doch noch tief und
fest einschlief.

KAPITEL 4

Valerie und Ferdinand öffneten leise
seine Tür, um nachzuschauen, ob er
wach war."Hallo, ihr Süßen, ihr seid
schon auf?" "Ja,Papa, es ist schon Mittag."
Valerie zog die dunklen Vorhänge beiseite, die Sonne schien hell und warm ins
Zimmer. "Papa, es ist ein schöner Sonntag."
"Kommt ins Bett, wir kuscheln noch ein
bisschen, so wie früher!"

Sie legten sich so, dass Otwin in der
Mitte war. Die drei genossen den Augenblick. Sie lachten und plauderten über
das, was am Vortag war. "Ein Einbrecher
ist unten," Flüsterte Otwin. Valerie und
Ferdinand mussten lachen, wie schon
lange nicht mehr. "Papa das ist Alma, die
kam in der Früh und räumte noch den
Rest weg. Sie wollte uns noch ein schönes Sonntagsessen machen.","Wie spät ist
es?" "Papa, es ist spät, aber das ist heute
egal. Du hast so fest geschlafen, da wollten wir dich nicht wecken."

„Wisst ihr Kinder, ich habe jetzt einen Bärenhunger, ich könnte ein ganzes Schwein essen." Sie mussten alle lachen.„ Raus aus den Federn, wir lassen uns mal überraschen, was Alma gekocht hat!"
Auf dem Weg zur Küche kam ihnen ein leckerer Geruch entgegen.
„Was haben sie für uns Gutes gezaubert Alma?"

„Guten Morgen, Herr Winterstein, so viel Zeit muss sein. Kinder wir haben uns ja schon gesehen."
„ Setzt euch, es wird gleich serviert!"„ Oh Alma, sie sind ein Schatz, mein Lieblingsessen gibt es!" „Ich dachte mir Herr Winterstein, da sie mir damals geholfen haben, als mein Otto von uns ging.
Gott möge seiner Seele gnädig sein!"

„Da haben sie es sich auch mal verdient, dass ich Sie mit etwas Gutem verwöhne."
„Ach Alma, das ist doch selbstverständlich, dass man da hilft." „So nun lasst es euch schmecken!" „Alma, setzen sie sich zu uns und essen etwas mit!" „Gern, Herr Winterstein, in Gesellschaft schmeckt das Essen immer besser."

„Was machen wir heute noch an so einen
schönen Tag?", fragte Otwin die Kinder.
Ferdinand meinte: „Wir könnten doch
ins Tal wandern gehen, das hast Du uns
schon immer versprochen, Alma kommt
auch mit, ja Alma, bitte?" „ Gern, aber
ums Moor machen wir einen großen Bogen."„Warum Alma?"„ Man erzählt sich,
dass aus dem Moor Frauen kommen und
sich kleine süße Jungs holen, so wie du
einer bist." Alle mussten lachen, außer
Ferdinand. „Ihr seid gemein, meint ihr,
ich glaube euch das?"

„Alma, machen sie den beiden keine
Angst, das ist nur ein Gerücht.
Man hat dafür keine Beweise. Wir machen um das Moor einen großen Bogen."
„Papa, ich hätte es gern gesehen, wie
eine Frau herauskommt,"erwiderte Ferdinand.„ Man kann doch im Moor nicht leben, geschweige denn darin atmen,"meinte Valerie.

„Wenn wir jetzt nicht aufbrechen, brauchen wir erst gar nicht zu gehen,
denn es wird in ein paar Stunden dunkel."

Sie zogen sich festes Schuhwerk an.
Alma packte noch etwas zu Essen und zu
Trinken ein, dann ging es endlich los.

Der Weg ins Tal war beschwerlich.
Steine, die auf dem Weg lagen, machten
das Laufen nicht leicht. Durch die dich-
ten Bäume kam spärlich das Licht hin-
durch. Ein lauer Wind bewegte sich. Es
war gespenstig dadurch zu gehen. Man
glaubte, singende Frauenstimmen zu hören.

An einer Lichtung machten sie erst einmal Rast. Valerie meinte, dass sich vor
ihnen an dem Baum etwas bewegt hätte.
Aber keiner konnte da etwas sehen. „Du
siehst schon Gespenster," sagten alle. Otwin war schon mal hier, als kleiner Junge
da nahm ihn Onkel Will mal mit."

Als er nach Planzen suchte, die einen
jung bleiben lassen, so sagte er. Ob es
stimmt, hatte er nie verraten. Wenn Otwin so zurückschaut, war der Onkel in
seinen Wesen jung geblieben. Aber sein
Äußeres veränderte sich im Laufe der
Jahre schon. Er glaubte damals, dass es

so eine Pflanze gäbe, aber heute weiß er,
dass es nur der Glaube war. Der Onkel
verbrachte Tage, um diese Pflanze zu finden. Ob er sie jemals gefunden hatte?

Otwin sah sich in diesem Moment als
kleiner Junge, er verspürte den Zauber
wie damals.
Er wurde von Valerie aus seinen Gedanken gerissen, als sie aufgeregt
rief:„Schaut, was ich gefunden habe!" Sie
hielt eine Orchideen artige Blume in die
Höhe. Alma meinte, das sei eine außergewöhnliche Blume, so eine hätte sie noch
nie hier gesehen.
Ferdinand sammelte Steine, es waren so
viele, die ihm gefielen. Er konnte sich
einfach nicht entscheiden und so packte
er alle in seinen Rucksack,
der immer schwerer wurde.„ Kinder gehen wir weiter?", fragte Otwin sie.

„Ach Papa, sei kein Spielverderber, hier
ist es so schön!"
„Euer Vater hat Recht, es wird in ein
paar Stunden dunkel. Es ist schon spät,
damit wir uns auf den Weg machen. Wir

können ja am nächsten, Sonntag unsere Expedition fortsetzten!"

Valerie hakte sich in Alma ein und beide gingen in Richtung, aus der sie kamen. Für Alma war es nicht ungewöhnlich, dass Valerie so vertraut zu ihr war.

Mit den Jahren, wo sie bei ihnen war, wurde Alma als Ersatzmutter angesehen. Valerie vertraute sich ihr an, wenn sie Probleme in der Schule oder mit ihren Freunden hatte, als sie ihre erste Periode bekam oder ihren ersten Liebeskummer hatte. Alma war immer für sie da. Sie hatte die Kinder in ihr Herz geschlossen, da ihr selbst keine Kinder gegönnt waren. Otto konnte keine zeugen.

Das war für Alma nie ein Problem, so konnte sie sich den Wintersteins voll widmen.

Singend und lachend wurden sie von Otwin und Ferdinand überholt.

Otwin trug den Rucksack, in dem sich die schweren Steinen befanden.„ Ferdinand, was hast du mit den vielen Steinen vor?"

„Ich weiß noch nicht, ich fand sie alle so schön. Du musst dir die mal an schauen, einige glitzern, als wenn Gold darin wäre!"„ Dann sind wir jetzt reich,"meinte Valerie.

Da mussten alle lachen.„ Papa, das war ein schöner Tag,"sagte Valerie.Auch Alma musste zugeben, dass es schön war.

KAPITEL 5

Otwin weiß noch genau, wie er mit seinem Onkel Hand in Hand das Tal durchstreifte.
Die Vögel folgten ihnen neugierig, bunte Schmetterlinge flatterten um sie herum.
Durch den Wind bewegten sich die hohen Bäume sanft und anmutig.

Sonnenstrahlen blitzten durch die Zweige. In der Ferne hörte man einen Adler schreien.
Als sie damals an eine Lichtung kamen, wo man ins Tal hinabschauen konnte, sah er, wie der Adler das Tal umkreiste und nach Beute Ausschau hielt.

„Papa, bist Du hier schon mal gewesen?"
„Ja, Ferdinand, als kleiner Junge.
Ich durfte immer in den Ferien zu dem Onkel." „ Hast Du da auch wilde Tiere gesehen?" Otwin mußte lachen.

„Es gibt hier keine wilden Tiere nur wilde Menschen, die alles kaputt machen." „Ist das nicht traurig, Papa?"

„ Schon Ferdinand, die Menschen müssen alles, was nützlich und schön ist, aus Eigennutz vernichten."

„Ist das auch Eigennutz, wenn ich die Steine mitnehme Papa?"

„Tja, so gesehen, schon, denn wenn jeder Steine mitnähme,
wären irgendwann keine mehr hier."

„Dann lege ich meine gesammelten Steine wieder zurück." „Das würde ich an deiner Stelle auch tun."

„Aber einen kann ich doch mitnehmen, oder wäre die Natur da sehr traurig Papa?"„Wenn es bei einem Stein bleibt, hat bestimmt die Natur nichts dagegen."

„Alma, sie könnten doch bei uns einziehen? Da sie jetzt allein sind.
Das Haus ist groß genug für uns alle."

„Valerie, das ist lieb von dir, ich bin gern bei euch. Aber ich bin auch nicht mehr die Jüngste. Im nächsten Jahr werde ich 70, und da braucht man auch mal seine Ruhe. Zu Hause ist eben zu Hause. "

„Alma, soll das heißen, dass sie uns verlassen werden, wie Mama?"

40

„Ich werde euch irgendwann einmal verlassen müssen. Aber so lang, wie ich es kann, bleibe ich bei euch.",„Versprochen Alma!"„ja, Valerie."
Den Abend verbrachten sie zusammen noch auf der Veranda.
Es wurde noch über das, was sie heute erlebt hatten, gesprochen.
„Ich werde mich jetzt von euch verabschieden, es war ein schöner Tag.
Ihr müsst auch ins Bett, morgen ruft die Schule," sagte Alma, stand auf und ging zu ihrem Wagen. Beide Kinder schauten ihr traurig nach.

„Papa, kannst du Alma nicht überreden dass sie bei uns einzieht?"
„Ich habe sie auf dem Heimweg gefragt, aber sie meinte, sie wäre zu alt dafür."
„Wenn sie es so sagt, müssen wir ihr das glauben."
Valerie und Ferdinand gingen auch darauf ins Bett.

Otwin holte sich noch ein Glas Wein und ging wieder auf die Veranda. Er setzte sich diesmal so hin, dass er in Richtung zum Moor schaute.

Wie sehr sehnte sich sein Herz nach E-
milja. Warum konnte er sich nicht in eine
Frau verlieben, die aus dem Ort war? Da
wäre alles so einfach gewesen.
Nein, stattdessen musste es eine aus dem
Moor sein.
Onkel Will hatte ihn davor gewarnt.
Gehe nie zum Moor, aber es zog Otwin
immer magisch an. Hatte er dasselbe er-
fahren?

Es ist nicht einfach für die Kinder, ohne
Ihre Mutter aufzuwachsen.
Für Emilja ist es auch nicht einfach, sie
leidet sehr darunter.
Die Kinder haben Recht, vielleicht sollte
ich Alma fragen, ob sie nicht doch zu uns
ziehen wolle. Schließlich arbeitet sie
schon seit 10 Jahren bei uns und wir haben uns an sie und sie sich an uns ge-
wöhnt.

Valerie und Ferdinand vertrauen ihr
und haben sie in den Jahren lieb gewonnen.
„Wenn sie aber mein Angebot ablehnt?
Was mache ich wenn sie sich zur Ruhe

setzen will?" All das Ungewisse plagte
Otwin sehr.
Als er so in seiner Verzweiflung Richtung Moor schaute, glaubte er eine sche-
menhafte Gestalt zu sehen, die ihm mit
ausgestrecktem Arm zuwinkte.

Er sprang aus seinem Sessel und rannte
zu dieser Gestalt in der Hoffnung, es
wäre seine geliebte Emilja. Als er außer
Atem dort ankam, war sie verschwun-
den. Er ließ sich auf den Boden fallen
und weinte wie ein kleines Kind. Seinem
Schmerz und Kummer ließ er freien
Lauf. Plötzlich glaubte Otwin, dass er die
Stimme vom Onkel hörte.

Wie er zu ihm sagte:„ Otwin, mein
Junge, es wird die Zeit kommen, wo ihr
wieder vereint seid, bis dahin musst du
für deine Kinder stark bleiben!"
„Onkel, wie soll ich das durchstehen?
Meine Liebe zu ihr ist unerträglich."
„Übe dich in Geduld!", gab er Otwin zur
Antwort. „Onkel, ich stehe das nicht länger mehr durch." „Das haben alle vor dir
gesagt, ich nicht ausgeschlossen." Dann
wurde es um Otwin still. Er stand auf

und ging zum Haus. Dort angekommen, blickte er noch einmal in die Richtung, aus der er kam.

Bevor er zu Bett ging, schaute er noch in die Zimmer seiner Kinder, die tief und fest schliefen.
Er war froh darüber, so hatten sie nichts davon mitbekommen.
Am nächsten Morgen ließ er sich nicht anmerken, was sich in der Nacht zugetragen hatte.
„Papa, redest Du heute mit Alma?" „Valerie, ich werde sie daraufhin am Abend ansprechen."
Im Büro ging es an diesem Tag drunter und drüber, jeder wollte irgend etwas von Otwin, was ihn sehr nervte. Er war froh, als es fünf Uhr wurde und er nach Haus fahren konnte. Auf der Heimfahrt überlegte er, wie am gescheitesten er das Gespräch mit Alma begann. Ach ich lass es einfach auf mich zukommen.

KAPITEL 6

Nach dem Abendbrot fragte Otwin Alma, ob sie noch etwas Zeit hätte. Er müsse mit ihr etwas besprechen. „Das trifft sich gut Herr Winterstein, ich wollte auch schon längere Zeit mit ihnen etwas bereden."Alma räumte noch das Geschirr in den Geschirrspüler und ging zu Otwin, der auf der Veranda saß.

Indessen waren Valerie und Ferdinand in Valeries Zimmer gegangen. Denn das Fenster war auf der Seite zur Veranda. So konnten sie das Gespräch mit anhören, ohne dass sie gesehen wurden.

„Alma, ich glaube sie wissen schon was ich sie fragen möchte?"
„Wenn es das ist, was Valerie mich gefragt hat, muss ich ihnen leider mitteilen, dass ich dies nicht machen möchte. Herr Winterstein, ich war gern bei ihnen und den Kindern. Jetzt ist aber der Zeitpunkt für mich gekommen, Abschied zu nehmen. So schwer mir das auch fällt. Sie müssen wissen, ich habe die vielen Jahre

bei ihnen nie bereut. Die Kinder waren
immer so lieb zu mir.
Ich habe sie in mein Herz geschlossen
und sie mich. Das weiß ich, aber ich bin
leider nicht jünger geworden sondern älter. Meine Knochen wollen nicht mehr,
so wie ich es will. Ich werde selbstverständlich so lange bei ihnen bleiben, bis
sie Ersatz für mich gefunden haben."

„Alma, wenn das ihr Entschluss ist, müssen wir ihn respektieren."
Plötzlich wurde die Tür zur Veranda auf-
gestoßen und beide Kinder schrieen.
„Sie dürfen uns nicht verlassen, wir
brauchen Sie." Dabei hielten sie Alma
fest. Weinend und schluchzend sagten
sie immer und immer wieder.
„ Alma, das können Sie uns nicht antun,
wir haben sie doch so lieb!"

Ganz verlegen und gerührt meinte
Alma.„ Ich bin doch nicht aus der Welt.
Ihr könnt jeder Zeit bei mir vorbei-
schauen, wenn ihr mein Hilfe braucht!"
„Das Leben ist manchmal ungerecht,
aber so ist es halt." „Wenn ihr in meine
Jahre kommt, werdet ihr es verstehen."

„Papa, sag du auch was dazu, das kann uns doch Alma nicht antun?"
„Wir müssen die Entscheidung von Alma akzeptieren."

„Kürzlich ist eine Frau in den Ort gezogen. Die soll geschieden sein und hat einen Jungen, der müsste in Ferdinands Alter sein."
„Wie heißt diese Familie?" „Herr Winterstein, ich glaube gehört zu haben dass sie Cora Baumgartner heißt." „Ich weiß, wer die sind. Der Junge geht in meine Klasse. Das ist der Ralf, wir rufen den alle Ralfi Knalfi. Der ist so doof, der hat rote Haare und auch noch ganz viele Sommersprossen im Gesicht.
Das müsste ihr euch mal vorstellen."

„Ferdinand, so musst Du nicht über einen neuen Mitschüler sprechen!"
„Papa, du kannst dir gar nicht vorstellen was der immer von sich gibt!"
„Das möchte ich mir auch nicht vorstellen, außerdem ist das bestimmt übertrieben." „Nein Papa, alle in meiner Klasse sagen das."

„Herr Winterstein, sie können sich ja mal diese Frau anschauen,
vielleicht wäre sie die passende Person."
„Das kommt gar nicht in die Tüte, dass der und seine Mutter hierher kommen."
„Mir reicht es schon, dass ich den in der Schule sehe."
„Ferdinand, jetzt ist Schluss damit.", „Papa, Ferdinand hat Recht, wir kennen doch die Leute gar nicht." „Valerie, ich habe diese Person auch noch nicht kennen gelernt. Aber ich glaube, dass man ihr eine Chance geben sollte."
„Alma, sie haben Recht, ich werde sie die Tage mal aufsuchen und mit ihr darüber reden.", „Wissen sie, wo diese Frau Baumgartner wohnt?"

„Nein, Herr Winterstein, aber ich könnte meinen Schwager anrufen und ihn fragen. Der weiß über alles und jeden Bescheid, was sich im Ort zuträgt."
Alma verabschiedete sich und fuhr nach Hause.

KAPITEL 7

Auf der Fahrt musste sie an die vergangenen Jahre zurückdenken. Bevor sie zu den Wintersteins kam,
verbrachte sie trostlose Jahre zu Hause. Otto ging in der Früh in die Backstube, denn er war Bäcker. Meistens kam er spät am Abend wieder nach Haus.

Der Kindersegen blieb aus, und so langweilte Alma sich. Nur Hausfrau zu sein, war für sie nicht erfüllend. Das hatte sie sich so nicht vorgestellt, als sie Otto heiratete. Sie war gerade 25 geworden und Otto war schon 32. Beide hatten sich bei einer Feier im Nachbarort kennengelernt.

Sie verliebte sich gleich in ihren Otto, der groß und etwas untersetzt war.
Alma mochte etwas reifere Männer, die noch dazu einen Ansatz zu einem Bauch hatten. Schon als junges Mädchen sagte Sie immer zu ihrer Mutter.
Wenn ich mal heirate, dann nur einen Mann mit Bauch, die sind so gemütlich.

Da musste ihre Mutter immer lachen und meinte, nur zu mein Kind.
Als sie ihren Otto den Eltern vorstellte, war der Vater über ihre Wahl sehr erfreut. Otto konnte, außer dass er Bäcker war, und ein gutes Einkommen hatte, ihr ein kleines und solides Haus bieten.

Sie waren zwei Jahre zusammen, als Otto bei ihrem Vater um ihre Hand anhielt. Der Vater war natürlich hoch erfreut, dass seine Alma eine so gute Partie gemacht hat. Nach der Hochzeit, die im großen Rahmen stattfand, wollte Otto, dass Alma nur zu Hause ist.

Er sagte, seine Frau braucht nicht zu arbeiten, er kann sie allein ernähren. Das wollte sie so nicht hinnehmen und versuchte sich in dem einen oder anderen Job. Immer, wenn Otto davon erfuhr, machte er ihr Vorwürfe. Sie hätte doch alles, er möchte nicht, dass sie arbeitet.

Otto war immer gut zu ihr, denn er erfüllte ihr jeden Wunsch. Nur das mit den Kindern erfüllte sich nicht. Mit der Zeit

fügte sich Alma und glaubte, dass das ihr
Schicksal wäre.
Schon als Kind glaubte Alma, alles im
Leben ist eine Fügung Gottes.
So wurde Alma von ihren Eltern, die
sehr religiös waren, erzogen.
Die Großmutter erzählte ihr immer Ge-
schichten, die sich im Ort zugetragen ha-
ben sollten. Dass junge Männer von
Frauen, die aus dem Moor kamen, ver-
führt wurden.

Damals glaubten die meisten das Gerücht um die Frauen. Aber Almas Vater
meinte, das ist Altweiber Gewäsch. Man
hat noch nie eine Frau aus dem Moor
kommen gesehen.

Die Kinder aus dem Ort mieden das
Moor. Die Angst war zu groß, dass es
doch stimmte mit dem Gerücht.
Sie hatte eine schöne Jugend, ihr Vater
vergötterte Alma.
Ihre Mutter hatte sich immer ein kleines
Mädchen gewünscht.

Als sie Alma bekam war sie 35. Sie
glaubte schon gar nicht mehr daran, dass

es jemals zu einer Schwangerschaft kommen könnte. Um so größer war die Freude, als es doch noch geklappt hatte.

Es vergingen Jahre in Almas Leben, als sie Otwin durch Zufall begegnete.
Sie hatte bis zu dem Zeitpunkt geglaubt, dass es alles in ihrem Leben wäre. An dem Tag waren beide im gleichen Supermarkt. Alma stand zwei Autos weiter auf dem Parkplatz. Da wurde sie Zeuge, wie Otwin mit seinem Einkauf und den Kindern, die damals noch klein waren, überfordert war. Da bot sie ihm ihre Hilfe an, die er gern annahm.

Die beiden Kinder fanden die schon etwas ältere Person vertrauenswürdig und erzählten ihr, dass sie keine Mama hätten und dass der Papa deshalb immer so schlecht drauf wäre. Das Essen würde ihnen auch nicht schmecken, das er kocht.

Alma ergriff da ihre Chance, endlich das zu tun, was sie schon immer tun wollte. Sich um eine Familie kümmern, auch

wenn es nicht ihre eigene wäre. Sie bot
sich ihm an, im Haushalt
zu helfen und sich um die Kinder zu
kümmern. Otwin stellte darauf hin Alma
als seine Haushälterin ein.
Er konnte sich auf sie verlassen. Sie war
pflichtbewusst und ihre Rolle als Haushälterin nahm sie ernst. Otwin war er-
leichtert, endlich hatte er mal die Zeit
sich mit seinen Kumpels zu treffen.
Otto war weniger begeistert, öfters gab
es zwischen ihnen Streit. Weil sie von
morgens bis spät abends außer Haus
war, machte Otto ihr immer Vorwürfe.
Seit sie diese Familie kenne, gäbe es nur
das. Sie würde ihn und den Haushalt
vernachlässigen. Alma ignorierte all
seine Vorwürfe. Sie liebte diese kleine Familie, die jetzt auch ihre war.

Als Otto ohne Vorwarnung und aus hei-
terem Himmel verstarb, war sie froh.
Sie ließ sich aber nichts anmerken, denn
sie wollte nicht den Leuten Anlass geben,
dass man über sie schlecht redet.

Endlich konnte sie sich ohne schlechtem
Gewissen ausgiebiger den Wintersteins

widmen. Die Kinder wurden fast ihre, sie selbst liebten Alma wie eine Mutter.

Alma war immer für sie da, wenn eines der Kinder krank war oder Probleme im Kindergarten, später in der Schule hatte.

Sie gehörte einfach zur Familie, und nun war der Tag gekommen, wo sie aus gesundheitlichen Gründen gehen musste.

KAPITEL 8

In den nächsten Tagen stellte sich Frau
Baumgartner der Familie Winterstein
vor. Otwin konnte in dieser Situation
keine Rücksicht auf seine Kinder nehmen.

All ihre Proteste ignorierte Otwin. Er
brauchte so schnell wie möglich einen
Ersatz für Alma.
Sie konnte auch gleich am nächsten Tag
anfangen. Es wurde vereinbart,
dass sie morgens ab 10 Uhr ins Haus
kommen sollte, die Kinder und Ralf aus
der Schule holt und bis abends 18 Uhr
bliebe.

Cora war dies recht, sie musste ihren
Sohn und sich selbst durchbringen. Denn
ihr geschiedener Mann saß für fünf Jahre
im Gefängnis, wegen einem Einbruch in
ein Juweliergeschäft.
Die Beute daraus wurde nie gefunden.
Deshalb zog sie aus der Stadt aufs Land.
Da kannte sie niemand und so konnte sie

sich ein neues Leben mit ihrem Sohn auf-
bauen.

Ralf weiß nichts über das, was sein Vater
getan hat und wo er ist. Seine Mutter erzählte ihm, dass er ins Ausland ging, um
Arbeit zu finden. Den Umzug erklärte
sie, dass die Wohnung zu teuer wäre.

In der Schule wurde Ferdinand von seinen Freunden gehänselt. „Na, hast du
eine neue Mutter bekommen und auch
gleich einen Bruder dazu?"

Im Ort zerrissen sich die Leute das Maul
über Otwin, und was sich dort oben ab-
spielte.

„Na, da hast du dir ja einen flotten Käfer
ins Haus geholt! Hast du mit ihr etwas
am laufen?", meinte eines Tages Klaus.
„Ich hatte keine Wahl, Alma kann das
nicht mehr. Ich sprach mit ihr und sie
sagte auch gleich zu." „Es gab ja niemanden, der das hätte machen wollen."
„Alma kommt hin und wieder und
schaut, ob sie auch alles richtig macht,
was ihr natürlich nicht gefällt." „ Wie
kommen Valerie und Ferdinand mit ihr
klar?"

„Ferdinand gibt sich viel Mühe, Valerie ist skeptisch mit dieser Cora."

„Hast du sie schon mal gefragt wo sie herkommt!" „Klaus, das interessiert mich nicht, die Hauptsache ist, dass sie ihre Arbeit zufriedenstellend erledigt."„Ich bin froh, dass Ferdinand sich mittlerweile mit Ralf so gut versteht. Er beschützt ihn sogar in der Schule."

Cora lernte schnell ihre Aufgaben im Haus und Garten einzuteilen.

Alma, die noch ab und zu ein Auge auf sie warf, war mit ihrer Arbeit zufrieden. Nur Valerie hatte an allem etwas auszusetzen. Cora war mittlerweile drei Monate bei ihnen. Sie konnte Valerie nichts recht machen, und so kam es immer zwischen den beiden zu Machtkämpfen.

Cora fühlte sich hier wohl, das Haus und die Gegend waren für sie wie ein Traum, aus dem sie nie erwachen möchte.

Otwin fragte sie mal, ob sie sich bei ihnen wohlfühle?

„Ja, Herr Winterstein, ich komme gern hier rauf, um bei ihnen zu arbeiten."

„Papa, hast Du dir diese Cora mal genauer angeschaut, wie die zur Arbeit kommt?" „Nein, wie kommt sie denn?"

„Ich glaube nicht, dass du es nicht siehst. Sie trägt kurze Röcke und tiefe Ausschnitte. Und du willst mir erzählen, dass du das nicht siehst?"
„Valerie, ich habe andere Sorgen, als auf so was zu achten."
„In der Schule erzählt man sich, dass du ein Verhältnis mit ihr hast.
Stimmt das Papa?" „ Valerie, mein Kind das kannst du doch nicht glauben."
„Papa, ich weiß nicht, was ich glauben soll. Wir sollten nach jemand anderem suchen." „ Valerie, wir finden niemand im Ort, der in Frage käme.
Alle Frauen, die ich kenne, haben eine Familie, die sie versorgen müssen.
Es wird dir nichts anderes übrig bleiben, als dass du dich mit Frau Baumgartner arrangierst. Sie macht ihre Arbeit gewissenhaft und gut. Auf das Geschwätz der Leute geben wir nichts. Ich möchte darüber nicht mehr reden!"

Valerie war so zornig und ging in ihr Zimmer, legte sich aufs Bett und heulte in ihre Bettdecke. Ferdinand, der alles mitbekam, lief ihr hinterher und wollte sie trösten. „Ferdinand, der Papa merkt gar nicht, dass Cora ihm schöne Augen macht, die will sich in unsere Familie drängen." „Valerie, das glaube ich nicht."

Ralf erzählte mir, dass sein Papa im Ausland sei. Um Geld zu verdienen, wenn er genug hätte, käme er wieder. „Das hat er erzählt?" „Wenn ich dir das sage, der würde mich doch nicht als seinen besten Freund anlügen."
„Ich gehe morgen nach der Schule zu Alma, Bitte Ferdinand, sage nichts dem Ralf und schon gar nicht dieser Cora. Vielleicht weiß Alma mehr über sie."

Am Morgen auf der Fahrt zur Schule sagte Valerie:„ Frau Baumgartner, ich werde heute Nachmittag nicht mit ihnen zurückfahren, da ich noch in Mathe Nachhilfe bekomme." „Dein Vater sagte mir davon nichts." „ Ach, der hat das bestimmt wieder mal vergessen. Wie immer, wenn ich ihm etwas sage."

Am Nachmittag ging Valerie aufgebracht zu Alma. Als Alma ihr öffnete, sprudelte es nur so aus ihr heraus. „Alma, Du musst mal unverhofft zu uns nach Hause kommen. Da kannst du sehen, wie diese Cora mittlerweile bei uns rumläuft. So auf gepräzelt kann doch kein Mensch Hausarbeit, geschweige denn Gartenarbeiten verrichten. Die will sich nur an unseren Vater machen. Aber es ergibt keinen Sinn, denn Ferdinand erzählte mir, dass Coras Mann im Ausland ist, um zu arbeiten. Das hätte ihm der Ralf erzählt. Ich sage dir, diese Frau hat etwas zu verbergen. Alma könntest du dich mal umhören, vielleicht erfährst du etwas über sie."

„ Valerie keiner weiß irgend etwas von ihr. Leider kann ich dir da nicht weiter helfen." „ Ich gehe die Tage mal unverhofft bei euch vorbei. Vielleicht erfahre ich doch noch etwas von ihr."

In dieser Nacht schlief Otwin sehr unruhig. Er sah Cora vor seinen Augen, denn ihm war natürlich ihr Aussehen aufgefallen. Cora hatte eine fantastische Figur.

Ihr Körper hatte von der Schwangerschaft keinen Schaden genommen.

Die langen blonden Haare trug sie mal
offen oder zu einem Pferdeschwanz, der
ihr Aussehen noch jugendlicher wirken
ließ.
Otwin war so aufgewühlt, dass er nicht
zur Ruhe kam. Er sagte zu sich, immer
und immer wieder diese Worte.„ Nein,
das darf ich nicht zulassen, dass meine
Gefühle überhand nehmen."

Otwin gab seiner Müdigkeit nach.
 Im Unterbewusstsein verspürte er neben
sich eine weibliche Gestalt. Sie fühlte sich
weich und so vertraut an.
Er wollte seine Augen öffnen, aber sie
wurden ihm sanft zugehalten.
„Mein Geliebter, lass deinen Gefühlen
freien Lauf!"
Otwin streichelte und liebkoste sie. Er
spürte, dass es seine Emilja war. Die zu
ihm kam. „Woher weißt du Emilja, sei
still mein Geliebter. Ich weiß, was Du
spürst, das spüre auch ich." Da musste er
sich schämen für seine Gedanken.
„Schäme dich für deine Gefühle nicht!"

Sie liebten sich in dieser Nacht ein paar
mal. Sie legte sich danach in seine Arme
und blieb, bis er eingeschlafen war.
Er merkte nicht mehr, wie sie ihn verließ.

Wie versprochen, ging nach einigen Tagen Alma zu den Wintersteins, um nach
dem Rechten zu sehen.
Sie betrat das Haus, ohne dass sie be-
merkt wurde. Alma ging durch alle
Räume, die in einem sauberen Zustand
waren. Von Cora war nichts zu sehen
und so ging sie in den Garten, um sie
vielleicht dort anzutreffen.
Aber auch dort war sie nicht sehen, da
machte sie sich so ihre Gedanken. Wo
könnte diese Cora nur sein? „Frau Baumgartner, wo sind Sie?",
rief Alma ein paarmal. Auf einmal sah
Alma, dass Cora aus der Richtung vom
Moor kam. Sie rief ihr zu:„ Wo waren sie,
ich habe mir schon Sorgen gemacht ?"„
Ach sie sind es Alma, ich habe sie nicht
gleich erkannt."
„Wissen sie, als ich in der Früh kam, sah
ich etwas aus dem Haus huschen, das
eine menschliche Gestalt hatte. Da wollte
ich mal nachsehen, wo es hin ist." „ Frau

Baumgartner, das haben sie sich bestimmt nur eingebildet."

„ Nein, wenn ich es Ihnen sage Alma, das war real."

„Frau Cora, wenn man hier so allein ist, hört und sieht man Dinge, die es nicht gibt. Sie sollten nicht allein zum Moor gehen. Man erzählt sich so einiges darüber." „Alma, wir gehen ins Haus und ich koche für uns eine schöne Tasse Kaffee. Dabei können Sie mir erzählen, warum Sie mich besuchen kommen."

„Wissen Sie Frau Cora, ich hatte einfach Sehnsucht nach allem hier. Es hört sich vielleicht albern an."„ Nein, Alma, das ist schon in Ordnung, mir würde das auch so gehen, nach so vielen Jahren."

Alma konnte es sich nicht verkneifen und fragte sie:„ Wie schaffen sie's in so einem kurzen und engen Kleid die Arbeiten zu verrichten?"

„Ach, Alma das ist nicht zu eng, es ist bequem." „Soso, ich glaube sie haben wohl auf Herrn Winterstein ein Auge geworfen."„ Und wenn es so wäre Alma?"

Er hat keine Frau und er wäre bestimmt froh, wenn die Kinder wieder eine Mutter bekämen." Ferdinand und Ralf verstehen sich mittlerweile gut. Mit Valerie werde ich mit der Zeit schon klar kommen." „ Cora, ich glaube sie spinnen sich da was zusammen.

KAPITEL 9

Ich kann mir beim besten Willen nicht
vorstellen, dass Sie der Typ von Herrn
Winterstein sind."
„Alma, das lassen sie nur meine Sorge
sein."
„Was würde ihr Mann dazu sagen, wenn
er aus dem Ausland zurückkommt?"
„Ach der, der ist erstmal für längere Zeit
aus dem Verkehr."
„Was soll das heißen, Frau Cora?" „ Wie
ich es sage, der kommt erst in ein paar
Jahren wieder raus." „Soll das heißen, Ihr
Mann ist im Knast?"
„ Ja Alma, bitte sagen sie es niemandem.
Der ist wegen Einbruch für fünf Jahre
verurteilt worden. Ich habe es bisher nie-
mandem erzählt. Bitte Alma, das bleibt
doch unter uns!" „ Ja, natürlich Frau
Baumgartner ich werde es für mich be-
halten. Aber ich möchte, dass sie bei den
Wintersteins kündigen.
Ich werde mich umhören, dass ich so
schnell wie möglich Ersatz für sie finde."

„ Alma, ich brauche den Job, ich habe alles aufgegeben, meine Wohnung und meine Freunde.
Ich habe mich von meinem Mann scheiden lassen und bin hierher gezogen. Hier kennt mich keiner, da wollte ich mit Ralf neu anfangen. Übrigens weiß Ralf nicht, wo sein Vater ist, und so soll es auch bleiben. Das müssen Sie mir versprechen, Alma."
„Ja, ja Kindchen, jetzt müssen wir uns überlegen, was wir mit Ihnen machen. Wissen sie, ich werde morgen mit dem Herrn Pfarrer reden, der hat immer eine Lösung. Bis dahin möchte ich, dass sie sich anständig kleiden und ihre Absichten vergessen." „Alma, ich werde alles tun, was Sie sagen! Nur verraten Sie mein Geheimnis niemanden."

Alma verabschiedete sich und ging nach Haus. Cora hätte sich am liebsten geohrfeigt, wie konnte sie so dumm sein und sich der alten Alma anvertrauen. In den nächsten Tagen gab sich Cora in punkto Kleidung sehr viel Mühe. Sie trug öfters Hosen und wenn sie mal einen Rock trug, ging er bis übers Knie. Die Blusen wurden nicht mehr so freizügig getragen.

Das blieb natürlich nicht unbemerkt.
Jetzt wusste Valerie, dass Alma mit ihr gesprochen hatte.
Alma machte sich am nächsten Morgen auf den Weg, um dem Pfarrer einen Besuch abzustatten, der sich über den ungewöhnlichen Besuch von Alma wunderte. „Was führt dich zu mir mein Kind?"

„ Ach, Herr Pfarrer, sie müssen mir helfen." „Alma, du bist ja ganz aufgebracht, setz dich doch erst einmal. Ich werde uns ein Gläschen Wein einschenken, das wird dich beruhigen.

Was hast du auf dem Herzen mein Kind?"„ Herr Pfarrer, sie erinnern sich doch an diese Frau Baumgartner!"„Ja, und was ist mit ihr?"„Also, sie arbeitet doch bei den Wintersteins, ich selbst habe sie eingestellt."
„ Und wo liegt da das Problem?"„ Vor ein paar Tagen kam Valerie ganz aufgebracht zu mir und erzählte, dass diese

Frau ihren Vater verführen will.",,Und wo ist da das Problem? So weit ich weiß, hat er doch keine.",, Aber Herr Pfarrer, der hatte sich doch mit einer Moorfrau eingelassen.",, Sie und ich wissen doch genau, was geschieht, wenn ein Mann sich mit so einer einlässt und dann untreu wird."

,,Ich vergaß, Alma, dass er sich wie viele vor ihm mit so einer einließ.
Wie kann ich helfen"
,,Ich dachte mir Herr Pfarrer, dass Sie das arme Ding mit ihrem Sohn in ihre Obhut nehmen könnten."
,, Ich selbst wüsste nicht, wofür ich sie einstellen könnte. Aber wenn ich so nachdenke, ist doch die Haushälterin vom Pfarrer Paulus vergangene Woche von uns gegangen. Vielleicht kann er sie gebrauchen, ich werde ihn gleich mal anrufen."

Er nahm das Telefon und wählte die Nummer. Es dauerte eine Weile, bis sich am anderen Ende jemand meldete. Die beiden Alten machten erstmal ihre Witze, bevor der Pfarrer sein Anliegen vortrug.

Alma verfolgte das Gespräch mit Spannung. Nach einer guten halben Stunde legte er endlich auf. „Was sagt er, kann sie bei ihm arbeiten?" „Alma, sachte, ich bin nicht mehr der Jüngste."
„Herr Pfarrer machen sie es nicht so spannend!" „Ja, Alma sie kann in den nächsten Tagen bei ihm anfangen." „Gottlob Herr Pfarrer, jetzt muß ich mich sputen und einen Ersatz für die Wintersteins finden."

Es vergingen einige Tage, bis sie die richtige Person fand. Sie wohnte zwei Ortschaften weiter, eine gewisse Frau Dorothea Senger. Sie ist alleinstehend, etwas korpulent und Mitte fünfzig. Als Alma sie aufsuchte und ihr das Angebot unterbreitete, war sie überglücklich. Da Frau Senger zur Zeit keine Anstellung hatte, kam ihr dieses Angebot gerade recht. Alma war mit sich zufrieden, diese Frau Senger kann dem Herrn Winterstein nicht gefährlich werden.

Mit gutem Gewissen konnte sie zu Frau Baumgartner gehen und ihr sagen, dass sie bei Winterstein kündigen kann.

An einem Sonntagmorgen sagte Cora den Wintersteins, dass sie eine neue Anstellung im Nachbarort hätte und deshalb bei ihnen kündigt.

Otwin fiel aus allen Wolken, als er das hörte." Wie stellen Sie sich das vor, woher bekomme ich so schnell jemand anderen?"
„Herr Winterstein, beruhigen Sie sich, das ist alles geklärt! Alma hat für mich schon einen Ersatz gefunden." „ Weshalb wollen Sie uns verlassen Frau Baumgartner? War ihnen der Arbeit zu viel oder die Bezahlung zu wenig?"
„Herr Winterstein, an der Arbeit und Bezahlung lag es nicht.
Wissen sie, ich habe gesehen, wie mein kleiner Ralf in der Schule unter den Hänseleien litt. Ferdinand ist ein lieber Junge, er nahm Ralf immer in Schutz. Weil er dies tat, wurde er von seinen Freunden ausgestoßen."
„Ist das so, Ferdinand?" „Ach, Papa so schlimm ist das auch nicht. Einige waren schon immer doof. Meine besten Kumpels halten noch zu mir, und da wird sich auch nichts ändern." „ Das wusste

ich nicht Frau Baumgartner, das tut mir
ja leid." „ Das muss ihnen nicht leid tun,
Sie können ja nichts dafür.
Ich hoffe, wenn Ralf in eine andere
Schule geht, dass es da besser wird!"

„Wir werden in den Nachbarort ziehen,
da kann ich beim Pfarrer Paulus eine Anstellung bekommen." „ Ja, wenn das so
ist, wünsche ich Ihnen für die Zukunft
viel Glück!" „ Danke Herr Winterstein,
Alma wollte ihnen heute Abend Frau
Dorothea Senger vorstellen, die meine
Nachfolge antreten soll."
„Na, da bin ich mal gespannt, Kinder ihr
auch?"
Valerie meinte nur:„ Schlimmer als es
jetzt war, kann es nicht werden."
Als Cora und Ralf das Haus verließen,
war Ferdinand schon etwas traurig.
Valerie hingegen war froh, dass sie und
ihr missratener Sohn aus dem Haus waren.

KAPITEL 10

Am Abend kam Alma mit Frau Senger, um sie der Familie Winterstein vorzustellen. Otwin und die Kinder waren über das Aussehen der Frau Senger überrascht. Sie war etwas zu klein geraten, ihre Körpermaße zu kräftig und die schwarzen Haare trug sie streng nach hinten zusammengebunden. Gekleidet war sie in einem bunten langen Kleid, das ihr bis über die Waden reichte. Sie lachte bei der Begrüßung so, dass man ihre gelben Zähne sehen konnte. Otwin und die Kinder waren über ihren Anblick schockiert.

Valerie dachte sich, was bringt Alma uns da ins Haus?
Ferdinand zwickte Valerie in ihren Arm und sagte leise, dass sie es nur hören konnte.„ Die sieht ja wie eine Vogelscheuche aus."
Valerie zerrte ihren Bruder nach draußen.
„Was soll das, Valerie, jetzt verpassen wir alles."

„Diese Dorothea mag nicht den Haupt-
gewinn in punkto Schönheit gewonnen
haben. Aber immer noch besser, als diese
Cora, die unseren Vater verführen
wollte. Wäre es dir lieber gewesen, dass
Cora und ihr Sohn bei uns eingezogen
wären und sie auch noch unsere Mutter
würde?"
„Darauf hatte ich keine Lust. Gott sei
Dank war Alma der selben Meinung."
„Du glaubst, das Papa etwas mit ihr
hatte?"
„Ich fand die Mutter vom Ralf in Ordnung, meinetwegen hätten die bei uns
einziehen können. Dann wären wir eine
richtige Familie und ich hätte gleich einen Bruder.

„Also steckt ihr dahinter, dass sie und
Ralf uns verlassen?"
„Ferdinand, glaubst du die hätte uns frei-
willig verlassen? Da mussten Alma und
ich nachhelfen."
Otwin war nicht gerade von dieser
Dorothea Senger beeindruckt.
Aber was blieb ihm schon übrig, er
musste in den sauren Apfel beißen
und diese Frau einstellen.

In der darauffolgenden Nacht konnte Otwin einfach nicht einschlafen. Ihn beschäftigte das mit dieser Dorothea. Ob es richtig war, sie einzustellen?
Im Haus war es ruhig, man hätte eine Nadel auf den Boden fallen hören können.
Otwin wälzte sich hin und her, er fand einfach nicht in den Schlaf.
Der Vollmond schien durchs Fenster, dadurch wurde der Raum hell erleuchtet. Es erschien alles im Zimmer so unheimlich und doch so vertraut.
Als plötzlich Emilja neben seinem Bett stand. Sie setzte sich auf seine Bettkante und streichelte ihn sanft. „ Geliebter, quäle dich nicht so, ich kenne deine Sorgen!" Emilja legte sich neben Otwin ins Bett und nahm ihn in ihre Arme.
Er fing leise an zu weinen, daraufhin streichelte sie ihm sanft über sein Gesicht und nahm behutsam jede einzelne Träne von seinen Wangen.
„Weine nicht mehr mein Geliebter, denn jede Träne, die du vergießt ist für ein neues Jahr. Wo wir uns noch nicht vereinen können."

„Emilja meine Liebe, wann ist die Zeit gekommen, wo wir wieder zusammen vereint sind?" „Otwin, die Kinder sind noch nicht so weit, habe noch etwas Geduld!"

„Liebster, du darfst dich nie wieder zu einer anderen Frau hingezogen fühlen. Der Zorn, der aus dem Moor käme, wäre für euch und für mich unerträglich. Dank unserer Tochter, die schon wie eine Moorfrau alles spürt, konnte das Schlimmste verhindert werden." „ Da erkannte ich, dass sie bald so weit ist, um die Wahrheit zu erfahren."
In dieser Nacht waren beide zusammen, wie schon lange nicht mehr.

„Papa, Papa, wach auf, diese dicke Vogelscheuche von Frau Senger ist in unserer Küche und macht das Frühstück!"
Mit diesen Worten wurde Otwin aus seinem Schlaf gerissen.
„Ferdinand ,was soll das Geschrei?"
„Komm Papa, das musst du dir anschauen, wie die angezogen ist!"
„Das ist doch kein Grund, um so herumzuschreien."

Otwin verließ ungern sein Bett, denn die letzte Nacht war voller Leidenschaft. Ferdinand hatte nicht übertrieben, das musste Otwin zugeben, als er in die Küche kam.

Frau Senger trug ein dunkelblaues Kleid, das so weit war, da hätte sie zweimal hinein gepasst. Darauf waren große Klatschmohnblumen in ein kräftigen Orange. Auf ihrem dicken Kopf trug sie ein buntes Tuch.

So flatterte sie durch die Küche und machte das Frühstück.

„Guten Morgen, Frau Senger, was machen Sie heute am Sonntag so früh bei uns?" „ Guten Morgen, Herr Winterstein, ich dachte mir, dass heute der richtige Tag wäre, um sie und die Kinder kennen zu lernen.

Schließlich benötige ich noch einige Informationen, was die Kinder betrifft."

Otwin informierte sie mit den Gepflogenheiten, was innerhalb der Familie wichtig war. Die Kinder machten mit ihr einen Plan, was sie kochen sollte.

Trotz ihrer Fülle gab sich Dorothea sehr
viel Mühe, um der Familie keinen Anlass
zur Beschwerde zu geben.

Otwin und die Kinder gewöhnten sich
langsam an das Aussehen von Dorothea.
Valerie suchte die Nähe, da sie sich zu
ihr hingezogen fühlte.
Zwischen den beiden entwickelte sich
ein freundschaftliches Verhältnis.
Nach einer längere Zeit ging Otwin wie-
der mal in seine Stammkneipe.
Als seine Kumpels ihn erblickten, war
die Begrüßung groß.
„Hy, altes Haus lebst, du auch noch?"
„Ich hatte in der letzten Zeit so viel um
die Ohren."
„Das hätte ich auch gehabt bei so einer
wie die Cora."
„ Ihr wisst ja gar nicht, wie viel Stress die
gemacht hat."
„Na, deine Neue wird dir keinen Stress
machen, so wie die aussieht."
„ Ich bin froh, dass Dorothea bei uns ist,
sie ist schon gewöhnungsbedürftig.
Aber sie hat ihr Herz am rechten Fleck.
Sie kann anpacken und sie kocht gut."

KAPITEL 11

Als Otwin an dem Abend nach Haus
fuhr, war es schon sehr spät.
Auf der Fahrt musste er an Will denken,
der so unbeschwert auf seinen Berg mit
dem Moor lebte.
Warum hatte er damals die Warnungen
vom Onkel nicht ernst genommen?

All seine Vorsätze und das, was über das
Moor und seine Bewohner erzählt
wurde, missachtete er, als Emilja an ei-
nem warmen Maimorgen vor ihm stand.
Seine Sehnsucht nach ihr raubte seinen
Verstand.
Tage, Monate und Jahre gingen ins Land,
ohne seine geliebte Emilja.

Die Kinder wuchsen ohne ihre Mutter
auf.
Was ist das nur für ein Leben?
Otwin steuerte das Auto von der Straße
auf einen Weg, wo es in den Wald ging.
Er machte den Motor aus, zog seine
Kappe vom Kopf und raufte sich die

Haare. Dabei fing er laut an zu weinen und hämmerte mit den Fäusten gegen das Lenkrad. Er schrie immer und immer wieder die Worte: „Warum ich?"

In diesen Moment fühlte er sich so wie damals. Wo er noch Kind war und man ihm behutsam beibrachte, dass seine Mutter gestorben sei.

Als Otwin sich in seinem eigenen Mitleid ersäufte, hörte er die Stimme vom Onkel. „Höre da mit auf, dich zu quälen!" „Onkel, es raubt mir den letzten Verstand. Wären da nicht die Kinder, so hätte ich schon mein Leben beendet.", Otwin, versündige dich nicht!"„ Onkel, du bist jetzt mit Amanda wieder vereint und den Schmerz, den ich verspüre, hast du schon vergessen."

„Die Zeit wird auch für dich kommen, da du mit Emilja wieder vereint bist." „Oh Will, ich kann diesen Zustand nicht mehr länger ertragen." Plötzlich klopfte es an seiner Seite an der Scheibe. Otwin nahm ein Taschentuch aus dem Handschuhfach und rieb sich das Gesicht damit ab.

Dann drehte er die Scheibe halb herunter. Eine männliche Stimme fragte hin: „Geht es ihnen gut?" Erst jetzt sah Otwin, dass es der Förster war.

„Guten Abend Herr Förster, ich ruhe mich nur etwas aus."

„Haben Sie ein Problem junger Mann? Sie sehen aus, als würde sie etwas quälen."

„Nein, nein, ich hatte heute nur einen schlechten Tag gehabt."

Sie wechselten noch einige Worte miteinander und dann verabschiedeten sie sich. Otwin drehte die Scheibe hoch und startete den Wagen.

Langsam fuhr er auf die Straße zurück. Er schaltet das Radio an, da lief gerade das Lied „Automatic for the P..... von R. E. M."

Da musste Otwin wieder herzergreifend weinen. „Otwin, reiße dich zusammen!", sagte er zu sich.

Zu Haus angekommen, schlich er ins Bad. Als er sich im Spiegel erblickte, war er von seinem Aussehen selbst erschrocken. Er wusch sich das Gesicht mit kaltem Wasser und ging zu Bett. In dieser Nacht hatte er wieder den selben Traum, den er immer hatte, wenn er einen Schmerz verspürte.

Die Nacht war schnell vorüber für Otwin
.

Als er in die Küche kam, saßen Valerie und Ferdinand schon am Frühstückstisch. Dorothea wirbelte hin und her, das machte Otwin ganz nervös. „Frau Senger, könnten Sie sich bitte setzen!"
„Papa, du siehst aber sehr schlecht aus! Bist du krank?", fragte Valerie ihn.
„ Nein, ich hatte gestern einen stressigen und langen Tag gehabt."

„ Herr Winterstein, sie sehen wirklich sehr schlecht aus. Bleiben sie doch heute zu Hause. Ich fahre die Kinder zur Schule und auf dem Rückweg schaue ich bei dem Doc vorbei. Der soll am Nachmittag zu ihnen kommen und Sie mal richtig durchchecken!" „ Frau Senger, Sie haben ja Recht, ich werde mich nach dem

Frühstück wieder ins Bett begeben. Otwin schlief gleich tief und fest ein. Im Unterbewusstsein hörte Otwin sein Namen rufen. Aber er wollte nicht aus seinen lieblichen Schlaf erwachen. „ Herr Winterstein, wachen Sie auf!" Otwin mußte all seine Kraft zusammenreißen, um wach zu werden. Es mussten Stunden gewesen sein, die er geschlafen hatte.

Als er seine Augen öffnete, stand der Doktor und Frau Senger an seinem Bett. „Sie sehen jetzt schon viel besser aus, Herr Winterstein!
Was so eine Mütze voll Schlaf ausmacht. Trotz allem soll der Doc Sie mal untersuchen ob bei ihnen alles in Ordnung ist!"
Gründlich untersuchte der Doc ihn und meinte dann. „ Herr Winterstein, ich kann Sie beruhigen, es ist nichts Schlimmes. Für Morgen verordne ich ihnen noch strikte Bettruhe.

Frau Senger macht ihnen eine Hühnerbrühe und dann werden Sie sich wieder topfit fühlen. Aber nicht gleich übertreiben! Herr Winterstein, ich gebe ihnen

noch einen guten Rat. Suchen Sie sich einen Ausgleich, der sie auf andere Gedanken bringt und Freude in ihre Seele!"
Seine Kinder waren besorgt um ihn.
Beide gaben sich viel Mühe, leise zu sein und schauten öfters in sein Zimmer, ob er etwas benötigte.

Die Ruhe und Fürsorge um ihn genoss Otwin sehr. Es musste sich etwas ändern, so konnte es nicht mehr weiter gehen. Otwin lag in seinem Bett, das Fenster weit geöffnet und die warme Sonne schien in sein Gesicht. Seine trüben Gedanken verschwanden und Freude kam auf.„ Ich hab es:", rief er laut. Aufgeregt kam Valerie, die das hörte, in sein Zimmer und fragte:„ Papa, was hast du?"
„Ich weiß jetzt, was ich mache, um wieder Freude am Leben zu haben." „ Und das wäre Papa?"
„Komm her Valerie, setz dich zu mir und ich werde dir erzählen, was Onkel Will gemacht hat, wenn ich immer als Kind so traurig war!" Valerie setzte sich auf die Bettkante und nahm seine Hand in ihre. Dabei merkte sie wie blass und dünn er war. Otwin fing an zu erzählen:„ Weißt

du, wenn ich so traurig war, nahm der Onkel mich an die Hand und ging mit mir in den Garten. Wir setzten uns auf die Bank, wo man auf das ganze Tal sehen konnte. Von dort kann man auch auf das Moor blicken."

„Immer, wenn ich in den Ferien beim Onkel war, konnte ich beobachten, dass er jede freie Minute in seinem geliebten Garten verbrachte.
So im Nachhinein, wenn ich zurückblicke, muss ich zugeben, dass der Onkel zufriedener und glücklicher war. Immer wenn ich traurig war und meine Mutter vermisste, nahm mich der Onkel mit in sein Paradies, so nannte er seinen Garten. Dort zeigte er mir, wie man die Obstbäume schnitt, das Unkraut entfernte und neuen Samen in die Beete säte. Der Garten sah damals immer gepflegt aus. Wenn ich mir den heute anschaue, ist er verkommen."

„Deshalb habe ich beschlossen, ihn wieder in Ordnung zu bringen."
„Papa, das ist eine gute Idee, wir werden dir natürlich dabei helfen."

Am Wochenende wurde die Tat umgesetzt. Am frühen Morgen gingen Otwin und die Kinder zum Garten, der etwas abseits vom Haus lag. Die warmen Sonnenstrahlen machten die Arbeit noch schöner. Otwin zeigte ihnen, wie man das Unkraut entfernte. Er selbst nahm sich die Obstbäume vor und er schnitt die Bäume zurück, damit sie im Frühjahr wieder austreiben konnten.

Die Gartenarbeit machte ihnen Spaß. Sie lachten viel und dann stimmte Valerie noch ein Lied an, das alle kannten. „Du Papa, ich habe gar nicht gedacht, dass Gartenarbeit so viel Spaß machen kann." „ Siehst du Ferdinand, da muss es mir erst schlecht gehen, damit wir den Garten vom Onkel Will in Ordnung bringen."

Otwin musste zugeben, dass dieser Garten eine magische Macht hatte.
Dorothea beobachtete die kleine Familie von Weitem, wie sie ausgelassen und fröhlich war, bevor sie zu ihnen in den Garten ging.

Ferdinand erblickte sie als erster und rief:„ Frau Senger ist da!"
Im Chor fragten alle:„ Haben Sie uns etwas zu essen mitgebracht?"
„ Wir haben nämlich einen Bärenhunger."
„Das Mahl wird gleich serviert," rief sie ihnen zu und holte aus dem mitgebrachten Korb eine weiße Tischdecke und legte sie auf den Holztisch, der schon lang keine Farbe mehr gesehen hatte.

Dann stellte sie Teller, Gläser, Besteck und eine große Schale mit Kartoffelsalat darauf. Ein paar Frikadellen, die sie in der Früh schon vorbereitet hatte, kamen auch noch dazu. Limo für die Kinder und ein kaltes Bier für Otwin. Der Tisch war gedeckt und so rief sie:„ Das Mahl ist serviert."

Otwin und die Kinder wuschen sich die Hände am Gartenschlauch und traten dann an den gedeckten Tisch. „ Sieht das lecker aus Frau Senger."
„ Nun setzt euch schon hin und lasst es euch schmecken!"

Dorothea setzte sich dazu und aß eine
Kleinigkeit mit.

„ Frau Senger, sieht der Garten nicht
schon gut aus," fragten die Kinder.

„ Oh ja, ich glaube ihr könnt zaubern. So-
viel kann man an einem Tag nicht schaffen." Alle mussten lachen:„ Frau Senger,
das wäre toll, wenn wir das könnten,"meinte Valerie.

Als sie so dasaßen und es sich schmecken
ließen, glaubte Valerie eine Gestalt am
Moorrand zu sehen.

„ Schaut, da am Moor steht eine Person
und sie sieht zu uns herüber!"

„Wo und wer ist sie?", fragte Ferdinand.
Dorothea meinte nur:„ Da war nichts,
das hast du dir nur eingebildet!

„Wenn man müde und über angestrengt
ist, kann man manchmal Trugbilder sehen."

„Wenn ich es euch sage, da stand eine
Frau. Die war mit einem hellen weißen
Gewand bekleidet und hatte lange
Haare."

„Valerie, Du bist von der Gartenarbeit erschöpft. Aber nicht nur du, ich glaube

wir alle. Ich schlage vor, wir gehen ins Haus und ruhen uns etwas aus."

„ Papa, gerade jetzt, vielleicht kommt diese geheimnisvolle Frau wieder."
„Das glaube ich nicht, Ferdinand, manchmal glaubt man etwas zu sehen, wo nichts ist." Unter Protest von Ferdinand und Valerie räumten sie noch das eine und anderer weg. Es war spät am Nachmittag, als sie zum Haus gingen und da merkten alle, dass sie doch ganz schön müde waren.
Jeder ging in sein Zimmer, um zu schlafen.

KAPITEL 12

Otwin hörte noch im Unterbewusstsein,
wie Frau Senger wegfuhr.
Valerie machte sich noch einige Gedanken, wer die Person gewesen sein
könnte. Dabei schlief sie tief und fest ein.
Ferdinand ließ es keine Ruhe, wer da zu
sehen war.
Er wusste, dass sich kein Mensch freiwil-
lig dort aufhält.

Zuviel gruslige Dinge erzählte man sich
darüber, und so kam er zu dem Entschluss, der Sache auf den Grund zu gehen.
Er stellte sich den Wecker auf zwölf Uhr,
im Falle, dass er einschläft.
Ferdinand grübelte noch eine Weile darüber nach und versank in einen tiefen
Schlaf.
Es war zwölf Uhr in der Nacht, als er ge-
weckt wurde. Er zog Jeans und Turn-
schuhe an, die er sich zurecht gelegt
hatte, bevor er ins Bett ging.

Er nahm sein Rucksack, darin befand sich eine Taschenlampe und ein Taschenmesser für alle Fälle. So schlich er sich aus seinem Zimmer und die Treppe hinunter. Um die Haustür zu öffnen, verlangte es viel Fingerspitzengefühl. Sie klemmte immer etwas und machte manchmal so quietschende Geräusche. Deshalb hoffte sich Ferdinand, wenn er die Luft anhält, dass es keiner mitbekäme.

Zu seiner Überraschung ging die Tür ohne Geräusche auf. Es kam ihm kalte und feuchte Luft entgegen.
Ferdinand ging auf Zehenspitzen, so glaubte er, unbemerkt zu bleiben. Der Mond, der heute besonders hell schien, zeigte ihm den Weg.
Er wurde getrieben von einer unsichtbaren Macht.
Ferdinand war schon des Öfteren am Tag zum Moor gelaufen. Um diese Zeit war er noch nie diesen Weg gegangen. Die Stille machte die Sache noch unheimlicher.
Ferdinand bekam jetzt Zweifel, ob er das Richtige tat. Sein Mut verschwand und er

wollte umkehren. Aber seine Neugier nahm überhand und so ging er weiter. Plötzlich hielt er inne, er glaubte, etwas gehört zu haben. Es kam ihm vor, als würde er verfolgt werden. Ferdinand setzte langsam ein Schritt vor den anderen und blieb stehen. Um zu lauschen, ob sein Verfolger ihn verfolgt.

Da, da war es, er fing hastig an zu atmen und sein Herz raste vor Angst.

Starr vor Angst verharrte er und wartete, was gleich passieren würde.

Da vernahm er eine ihm vertraute Stimme sagen:„ Na, kleiner Bruder, da hasst du ganz schön Angst bekommen?"

Ferdinand fiel ein Stein vom Herzen, dass es Valerie war, die ihn verfolgte. „Musst du mich so erschrecken Valerie ?" „ Du glaubst doch nicht, dass du allein das durchziehen kannst?" „ Woher weißt du, was ich vorhatte?"

„ Weißt du Brüderchen, ich kenne dich doch. Als Du ohne Kommentar in dein Zimmer gegangen bist, wusste ich, dass du etwas geplant hattest.

Ich wusste noch nicht was, und so
schaute ich durch das Schlüsselloch,
um heraus zu finden, was du vorhast." „
Valerie, machst du das immer, durch
mein Schlüsselloch zu schauen?"
„Nein, ehrlich, das war das erste Mal."
„ Bist du nicht eingeschlafen, denn du
konntest doch nicht wissen, was ich vorhatte?" „ Ich konnte es mir denken, nur
nicht, wann es los ging."

Als du noch mal ins Bad gegangen warst,
nahm ich die Gelegenheit, um in dein
Zimmer mich mal um zu schauen. Da
waren deine Sachen zurecht gelegt und
der Rucksack war gepackt. Jetzt musste
ich nur noch herausfinden, wann es los
ging. Da erblickte ich auf deinem Nachtisch den Wecker und sah, wann er dich
wecken sollte. Ich stellte meinen so, dass
er mich etwas später weckte.

Ich habe dich erst in großen Abständen
verfolgt. Dann wurde es mir unheimlich
und so verringerte ich meine Abstand zu
dir."

Beide nahmen sich an die Hand und gingen stumm, jeder, in seinen Gedanken versunken, weiter.

Nach eine Weile meinte Ferdinand:„ Schwesterchen, schön, dass es dich gibt. Jetzt habe ich keine Angst mehr."
Bei diesen Worten bekam Valerie ein Gefühl, dass sie als kleines Kind hatte.
Wenn ihre Mutter sie ins Bett brachte, sagte sie immer zu ihr:
„Schön, dass es dich gibt, meine kleine Valerie!"
Sie konnten nicht weit vom Moor entfernt mehr sein. Ein leichter Nebel schwebte vor ihnen. Je näher sie kamen desto mehr wurde er.
Hunderte von Glühwürmchen tanzten um das Moor.
Valerie und Ferdinand setzten sich etwas abseits und beobachteten das Schauspiel.
Es sah aus, als würden sie nach einer Musik tanzen, die nur sie hörten. „ Valerie, hast du jemals so etwas Schönes gesehen?"
„Nein, Ferdinand, ich kann jetzt Papa verstehen. Warum er nie von hier weggegangen ist."

KAPITEL 13

„ Weißt Du Valerie, ich kann das auch nicht?"
Sie saßen stumm nebeneinander und schauten sich das Treiben der Glühwürmchen an. Das Moor hatte auf einmal eine magische Macht auf sie.

Otwin, Otwin, wach auf, die Kinder sind am Moor!
Otwin hörte ganz weit in seinem Unterbewusstsein die Stimme von Emilja.
Er riss sich zusammen, um wach zu werden.
Als er seine Augen öffnete und seine Geliebte Emilja erblickte, wollte er sie in seinen Armen nehmen. Aber sie wehrte ab.
„Komm, wir haben jetzt keine Zeit für so etwas. Die Kinder sind in Gefahr, sie dürfen noch nicht unser Geheimnis erfahren."

Schnell zog sich Otwin an. „Beeile dich, wir müssen zu ihnen! Die Glühwürmchen haben mit ihrem magischen Tanz begonnen. Wenn die Kinder sich vom

Treiben verführen lassen, werden sie vom Moor angezogen und hineingehen. Das dürfen sie noch nicht, sie würden es nicht überleben."

Auf dem Weg zum Moor fragte Otwin E-milja:„ Wann wirst du es ihnen sagen?" „ Otwin, ihre Lungen sind noch nicht so ausgeprägt, dass sie im Moor überleben könnten. Valerie verspürt schon seit geraumer Zeit, dass sie anders ist als die anderen Mädchen in ihrem Alter."

„Ferdinand braucht noch etwas Zeit, um sich zu entwickeln.

Otwin, du weißt doch, was es für dich bedeutet?

Du kannst nie mit uns kommen."

Das Treiben der Glühwürmchen nahm an Geschwindigkeit und Leuchten zu. Valerie und Ferdinand wurden so in Trance versetzt. Sie hatten in diesem Zustand alles vergessen, wo und wer sie waren. All ihre Kraft verschwand aus ihren Körpern, sie fühlten sich in diesem Zustand so leicht und frei.

Als das Treiben seinen Höhepunkt erreicht hatte, kamen viele winkende Arme

aus dem Moor. Stimmen riefen dabei:„
Kommt, kommt, wir erwarten euch!"

Otwin und Emilja erreichten noch recht-
zeitig die beiden. Emilja schrie:
„Aufhören, sie sind noch nicht bereit. Ihr
werdet sie töten!"
Bei diesen Worten verschwanden die
Arme im Moor und die Stimmen ver-
stummten. Otwin, ich muss jetzt gehen,
die Kinder werden gleich aus ihrem Zustand erwachen! Sie sollen mich noch
nicht sehen!
Otwin nahm sie in seine Arme und
küsste sie leidenschaftlich.

Emilja befreite sich nur ungern aus seiner
Umarmung.
Es dauerte noch eine Weile, bis sie auf-
wachten.
„Papa, warum sind wir hier?"
Otwin wusste jetzt, dass sie sich an all
das nicht erinnern konnten.
„Papa, ich bin müde, können wir gehen?"
fragte Ferdinand ganz benommen. „Natürlich, mein Sohn!" Otwin half den beiden beim Aufstehen, da sie offensichtlich
damit Probleme hatten.

Auf dem Heimweg waren alle sehr ruhig, keiner der Kinder fragte, warum sie am Moor waren. Als sie am Haus ankamen, wurde es schon hell.
Als Dorothea am Morgen zur gewohnten Zeit in die Einfahrt bog, erblickte sie das Auto vom Otwin. Sie wunderte sich warum es noch dastand!
Mit schnellen Schritten ging sie ins Haus. Sie rief ein paar Mal nach ihm: Herr Winterstein, sind Sie da?" Da sie auf ihre Rufe keine Antwort bekam, malte sie sich schon Schlimmes aus.
Dann erblickte sie auch noch die Rucksäcke der Kinder in dem Flur. Sie hätten auch schon längst in der Schule sein müssen. Es war schließlich schon elf Uhr. Frau Senger war so aufgebracht, dass sie keinen klaren Gedanken denken konnte. Sollte sie die Feuerwehr oder gleich die Polizei rufen?

Da Dorothea in ihrer Hektik so viel Lärm machte, wurde Valerie als Erste wach und schaute nach.
Dorothea erblickte Valerie und lief zu ihr und fragte sie:„ Was ist hier los, und warum seid ihr nicht in der Schule?"

„Ist etwas mit eurem Vater?"
„Nein, mit ihm ist alles in Ordnung, wir
haben nur wieder mal verschlafen.
Frau Senger, könnten sie etwas leiser
sein?" Flüsternd fragte sie Valerie:„ Aber
Kindchen, wie siehst du denn aus? Hast
du mit den Kleidern die ganze Nacht geschlafen?"
„Frau Senger, kommen sie rein und setzen sie sich. Valerie setzte sich neben sie
und fing leise an zu erzählen.„ Frau
Senger, ich hatte einem Traum, der war
so real und doch nicht real."

Dorothea legte ihren Arm um ihre Schultern, da sie spürte, wie sie noch vom
Traum benommen war.
„ Ferdinand und ich, wir sind zum Moor
gelaufen. Wie von einer magischen
Macht angezogen, als wir es erreichten,
war es hell erleuchtet von kleinen flie-
genden Wesen, die zu einer Melodie
tanzten."
„Trotz der Melodie und dem Flattern der
Flügel Schläge war es so friedlich und ein
befreiendes Gefühl kam über mich. In
diesem Zustand zog es mich ins Moor .
Als ich mich erhob, um hinein zu gehen.

Hörte ich eine Frauenstimme rufen:„
Aufhören, ihr werdet sie töten."
„ Dann wachte ich auf und Papa stand
vor mir. Er nahm mich an die Hand und
wir gingen nach Hause."
„ Valerie, das war nur ein Traum. Sie ge-
schehen in unserem Unterbewusstsein.
Sie können schön aber auch traurig sein.
In diesem Fall war er schön und hatte ein
gutes Ende."
„ Weißt du Dorothea, diese Frau, die das
rief, sah wie unsere Mutter aus.
Ist das nicht eigenartig, ich habe nie zu-
vor von ihr geträumt?“
„ Siehst Du mein Kind, sie wird dich und
deinen Bruder immer beschützen?

„ Weißt Du Valerie?, ich werde euch mal
ein schönes Frühstück machen, und du
weckst die anderen!“
„ Oh ja, Frau Senger, das ist eine gute
Idee, ich habe einen Bärenhunger."
Frau Senger ging nach unten in die Küche, um das Frühstück vorzubereiten.
Valerie ging indessen zu ihrem Bruder
ins Zimmer, wo er noch tief und fest
schlief. Sie weckte ihn mit einem Kuss
auf seine Wange. Er reckte und streckte

sich und öffnete seine Augen. „ Du bist das Valerie, ich dachte ein helles flatterndes Wesen gibt mir ein Kuss?" „ Weißt du Valerie?, ich hatte einen eigenartigen Traum gehabt." „ Ferdinand, den kannst du mir später erzählen, ich habe einen Bärenhunger. Frau Senger macht für uns das Frühstück schon. Los komm, wir müssen noch Papa wecken, wir haben alle wieder mal verschlafen! Das gibt wieder Stress in der Schule und Papa von seinem Chef." Beide stürmten in das Schlafzimmer von Otwin, der immer noch in seinem Bett schlummerte.

Valerie zog die dicken Vorhänge beiseite und öffnete das Fenster. Warme Sonnenstrahlen drangen ins Zimmer, Ferdinand trat ans Bett seines Vater und rüttelte ihn. „ Papa, aufstehen, die Arbeit ruft!" Otwin wachte langsam auf und meinte nur:„ Ich erlaube euch und mir, dass wir heute zu Hause bleiben."

Daraufhin veranstaltete Ferdinand einen Freudentanz. „ Jetzt kommt, ich habe Hunger, Frau Senger bereitet uns schon ein leckeres Frühstück vor!"

Auf dem Weg dorthin kam ihnen ein
Duft von gebratenem Speck, Eierpfann-
kuchen und frisch gemahlenem Kaffee
entgegen.
„Gut, dass wir alle heute blau gemacht
haben, so kommen wir zu einem leckeren
Frühstück." „ Das kann nur von Ferdinand kommen," gab Valerie zum Besten.
Gemeinsam betraten sie die Küche: „Frau
Senger, das sieht köstlich aus, wenn das
auch noch so gut schmeckt, wie es aussieht?"
„Papa, Dorothea ist die Beste, sie kann
die leckersten Gerichte machen."
„Du hast Recht Valerie, deshalb werden
wir sie nie mehr hergeben."
„ Ach, Herr Winterstein, sie Schmeichler,
das mach ich doch gerne für sie und die
Kinder. Wissen sie, kochen und backen
sind meine Leidenschaft und wenn ich
sehe, dass es noch schmeckt, koche ich
noch viel lieber."
„ Wie kommt es, dass ihr noch da seid?"
„ Wir haben wieder mal verschlafen, wie
schon des Öfteren." „ Papa, das ist nur
deine Schuld." „ Kinder, das ist auch
eure, wenn ihr euch den Wecker am
Abend stellen würdet, müsstet ihr nicht

verschlafen und könntet euren Vater we-
cken. Ab heute stellt sich jeder seinen
Wecker."
„ Das war so wie so eine komische
Nacht, fing Ferdinand an zu erzählen.
Ich hatte einen Traum, in dem kamen
viele bunte Lichtwesen vor. Sie flatterten
alle getrieben von einer Macht, die mir
Angst machte.
Und dann war da eine Frau, die mir so
vertraut war, und doch erkannte ich sie
nicht." „ Ich hatte auch so einen Traum in
dieser Nacht, eine Frau kam da auch vor,
sie sah aus wie unsere Mutter."
Otwin wollte seine Kinder auf andere
Gedanken bringen und meinte, was machen wir heute mit so einem Tag?"
„Ich glaube, wir nutzen ihn um den Keller aufzuräumen. Da hat sich im Laufe
der Zeit so viel angesammelt." „ Papa,
muss das sein?", fragten beide.„ Ja, das
muss sein! Wenn ihr fertig seid mit dem
Frühstück könnt ihr schon mal in den
Keller gehen. Ich werde euch beim Schul-
direktor entschuldigen und in der Firma
anrufen, dass ich heute nicht mehr
komme."

Otwin hatte dabei ein schlechtes Gewissen, er musste etwas sagen was der Wahrheit nicht entsprach.

Was war das für eine Nacht, beinah hätte er die Kinder verloren.
Wäre da nicht seine Emilja gewesen.
Das Moor hatte seine magische Macht auf sie genommen.
Er musste jetzt handeln, um sie nicht zu verlieren.
Otwin wollte mit Emilja bei einer passende Gelegenheit darüber reden.
Als Otwin in den Keller kam, wurde er von ihnen schon erwartet. „Papa, schau, was wir gefunden haben!" Valerie und Ferdinand zeigten stolz ihren Fund. Es war ein Gemälde, darauf war das Haus und das Moor zu sehen. „ Ist das nicht schön Papa ?" Otwin meinte: „Ich kann mich gar nicht daran erinnern, es jemals hier gesehen zu haben."
Sie räumten noch eine Weile auf und dabei wurden noch viele Schätze gefunden.
Ferdinand entdeckte seinen alten Roller unter einer Plane, die sehr verstaubt war.
Er zerrte an der Plane, um an seinen Rol-

ler zu gelangen, um ihn dann herauszu-
ziehen. „Was willst du mit ihm?„ fragte
Valerie.

„Der ist doch für dich zu klein!"„ Das ist
mir egal, da hängen Erinnerungen daran.
Das kannst du nicht verstehen, du bist ja
ein Mädchen."

„ Glaubst du nur ihr Jungs habt Erinnerungen an Dinge, die euch mal etwas bedeutet hatten?"

Otwin unterbrach die Zwei in ihrer Dis-
kussion.

KAPITEL 14

„ Schaut mal, was ich gefunden habe!" Er zeigte auf eine sehr verschmutzte Kiste, die im hinteren Teil vom Keller stand.„Kommt und helft mir sie vorzuschieben." Tatkräftig halfen sie die Kiste mit in den Raum zu ziehen. Erwartungsvoll und voller Spannung schauten alle auf die Kiste. Was mag da drinnen verborgen sein?

Otwin holte ein Brecheisen und versuchte die Kiste zu öffnen. Es gelang ihm nicht beim ersten Mal und so versucht er es noch einmal. Als er das vierte Mal versuchte sie zu öffnen, gab der Deckel endlich nach.
Vorsichtig hob Otwin den Deckel an, dabei machte er einen quietschendes Geräusch. Ein muffiger Geruch kam ihnen entgegen. Endlich konnten sie sehen, was sich in der Kiste verbarg.

Ferdinand griff nach einem braunen Leinensäckchen, das mit einer Schnur zusammengebunden war. „Was könnte

sich darin befinden?" fragten sich alle.
Otwin nahm es an sich, zog an der
Schnur, so dass die
Schleife sich öffnete. Jeder warf einen
Blick in das Säckchen und dann schauten
sie sich
fragend an. „ Was ist das, Papa?" „ Das
ist bestimmt der besondere Samen, wo-
von Onkel Will immer gesprochen
hatte," gab Otwin zur Antwort.
Beide wollten natürlich wissen, was es
auf sich hatte mit diesem Samen. Otwin
vertröstet sie, es ihnen später zu erzählen.

„ Last mich auch mal in die Kiste
schauen, vielleicht finde ich einen
Schatz!", meinte Valerie. Sie griff nach einen blauen Umschlag, darin befanden
sich einige bunte Federn. Valerie nahm
eine der bunten Federn aus dem Umschlag und steckte sie in ihr Haar. Sie erhob stolz ihren Kopf und meinte:
„ Das steht mir bestimmt gut." Otwin erzählte ihnen von Amanda, dass sie immer in ihren Haaren solche bunten Federn trug.

„ Vielleicht sind das ihre." „Das kann
schon sein, denn mein Onkel konnte sich
damals, als Amanda verschwand, von ihren Sachen nicht trennen."

„ Nicht nur er, wir kennen da noch je-
manden."
Sie entdeckten noch eine braune Blech-
dose, sie enthielt viele Bilder.
Valerie und Ferdinand wollten sich
gleich die Bilder anschauen, und so kam
Otwin nicht drum herum, ihnen zu erzählen, was auf den Bildern zu sehen
war.
„Bist du das nicht, Papa?" „Ja, Valerie das
war ich mal. Da musste ich dreizehn
oder vierzehn gewesen sein." „ Papa, da
sahst Du aber komisch aus!"

Hoffentlich sehe ich mal nicht so aus,
wenn ich so alt bin wie du auf dem Bild!"
„Ferdinand, das Aussehen bekommt
man vererbt, und deshalb wirst du immer eine Ähnlichkeit mit Papa haben, ob
dir das gefällt oder nicht."

„ Seid mal ruhig!, ich habe noch etwas gefunden. Das sieht nach einem Tagebuch von meinem Onkel Will aus."

„ Mach schon auf Papa, lass uns nachschauen, was da drinnen steht!" „ Ihr seid doch nicht neugierig!" „ Na du kannst uns nicht erzählen, dass es dich nicht interessiert, was da steht."

„ Lasst uns nach oben gehen, da ist es bequemer und heller!"

Sie gingen auf die Veranda und setzten sich auf die Bank, die an der Hauswand stand.

„Herr Winterstein, wenn sie mich heute nicht mehr brauchen, würde ich gern etwas früher gehen."„ Natürlich Frau Senger, sie können gehen, wir werden schon klarkommen!"„ Im Backofen habe ich einen Nudelauflauf stehen, lasst es euch schmecken!

Sie schauten ihr noch nach, wie sie aus der Ausfahrt fuhr.

„Papa, lass uns endlich nachschauen was dein Onkel geschrieben hat!"

Otwin schlug das Buch auf und auf der ersten Seite war zu lesen:

„Dies ist das Leben auf dem Berg von
Will Winterstein."
Blättere weiter Papa drängelten beide er-
wartungsvoll!
Otwin schlug die Seite um und begann
zu lesen, was da geschrieben wurde.

Ausgerechnet heute, an einem Freitag,
dem Dreizehnten, verkündete Lore mir,
dass unsere Beziehung keine Zukunft
hätte. Das hatte sie bestimmt mit Absicht
gemacht, damit ich mich immer daran er-
innere. Bei mir würde sich alles nur um
die Umwelt und den Menschen in der
dritten Welt drehen. Nie war ich für Ihre
Probleme da, wenn sie mich brauchte.
Ich setze mich über all für unsere Umwelt ein und bemerkte nicht, dass wir
uns voneinander entfernten.
Ich kämpfte um unsere Liebe alle Beteue-
rungen, das ich mich ändere, waren vergebens. Zu oft habe ich es ihr versprochen und nicht gehalten. Drei Jahre Beziehung mit Lore hatte ich endgültig verloren.
Lore zog einige Tage danach aus, ich
nahm zwei Wochen alten Urlaub.

Denn erst jetzt, wo Lore nicht mehr da war, merkte ich, was sie für mich bedeutet hatte.

Otwin schlug das Buch zu und meinte: „ Ich weiß nicht, wie es euch geht, aber ich habe Hunger. Wollen wir den Nudelauflauf nicht essen?"

„ Das ist eine gute Idee von dir Papa." Sie hätten gern gewusst, wie es weiter geht, wenn da der Hunger nicht gewesen wäre.

Am Abend, als die Kinder zu Bett waren, holte Otwin sich das Buch vom Will und ging in sein Zimmer. Er begann zu lesen. Ich packte mir einige Sachen und fuhr mit dem Auto ohne ein Ziel los.

Meine Überlegung war, wenn das Leben eine Bestimmung sei, würde ich dorthin geführt, wo ich hin soll. An meinem vierten Tag mit dem Auto kam ich an einen Berg. Er war mitten in der Natur, es gab weit und breit nichts.

Wenn man auf dem Berg stand, konnte man ins Tal schauen. Zur Linken sah man ein Moor, zur Rechten gab es ein Laubwald. Ich hatte das Gefühl, dass ich hierher gehörte. Ein gewisser Zauber lag auf dem Berg.

Otwin verschlang das Geschriebene vom Onkel. Aber seine Müdigkeit war zu groß, und so legte er das Buch in seinen Nachtisch, um es Morgen weiter zu lesen.
Am nächsten und auf den darauf folgenden Tagen drängelte Valerie und Ferdinand, dass sie aus dem Buch weiter lesen möchten.
Otwin versprach ihnen, dass sie es am Wochenende tun werden.
Was würde dieses Buch für Geheimnisse preisgeben?
Sollte er es mit den Beiden weiter lesen oder sollte er es allein tun?

Otwin war hin und her gerissen, er musste sich was einfallen lassen.
An den darauf folgenden Nächten las Otwin in dem Buch weiter.

KAPITEL 15

Ich kam zu dem Entschluss hier möchte ich in Zukunft Leben. So erkundigte ich mich im Ort, ob ich auf dem Berg ein Stück Land kaufen könnte, um ein Haus darauf zu bauen. Ich stieß auf Ablehnung, und man erzählte mir Schauermärchen über den Berg und dem unmittelbaren Moor. Außerdem hätte ich sowieso nicht die Mittel, um es zu kaufen.
Ich hatte schon zu diesem Zeitpunkt einiges auf der hohen Kante.

Als meine Eltern bei einen Autounfall ums Leben kamen, erbte ich als ihr einziges Kind eine beträchtliche Summe.
Die Verhandlungen zogen sich in die Länge. Endlich, nach zwei Jahren bekam, ich ein Stück Land auf dem Berg und die Erlaubnis, ein Haus darauf zu bauen. Die Bauarbeiten gingen zügig voran, nach weiteren zwei Jahren war es endlich so weit. Ich hatte meine Wohnung aufgegeben und alle meine Sachen verkauft.

Als es schließlich so weit war, dass ich in mein Haus einziehen konnte und aus dem großen Fenster vom Wohnraum schaute, überkam mich ein befreiendes Gefühl. Ich beschreibe es heute so: Als ich so in die Ferne schaute, hatte ich ein Gefühl der Leichtigkeit. All meine Bedenken und Sorgen waren weg, ich war angekommen in meinem Paradies.

Im Ort wurde ich als Spinner abgestempelt.
Nach langer Zeit wollte Otwin in dem Buch weiterlesen. Als er glaubte, dass sie jetzt endlich schon schliefen, schlich er in sein Zimmer und machte die Tür leise zu.
Er legte sich aufs Bett und entnahm das Buch aus seinem Nachttisch.
Plötzlich ging die Tür auf und Valerie stand vor ihm. „ Was machst du da?"
„Du hasst uns versprochen, es mit uns zu lesen!" „ Valerie komm her und setz dich zu mir. Ich will es dir erklären, weißt Du Kleines, ich möchte ausschließen, dass da nichts dann steht, was euch belasten könnte."

„ Aber Papa, mach dir doch nicht so viel Sorgen um uns. Schließlich sind wir keine Babys mehr!" „ Das weiß ich doch, ich verspreche es dir, das wir es noch zusammen lesen werden." „ Geh jetzt in dein Bett, morgen musst du ausgeschlafen haben." Kaum war sie aus dem Zimmer, holte Otwin das Buch aus seiner Bettdecke hervor und fing an zu lesen. Was die Leute über mich meinten, war mir egal. Ich war der glücklichste Mensch auf Erden. Mein Garten gab mir Gemüse und Obst in Fülle.
Was ich nicht verbrauchen konnte, verkaufte ich auf dem Wochenmarkt.

Als ich heute Morgen auf meiner Veranda saß und auf die einzige Straße, die zu mir führte schaute, erblickte ich von Weitem einen schwarzen Hund. Er humpelte und musste schon etwas älter sein. Ich lockte ihn mit meinem selbst- gebackenen Wurstbrot an. Skeptisch und voller Angst kam er näher.
Als er nah genug war, legte ich das Brot auf den Boden. Er schnappte es sich und humpelte davon.

So ging es noch viele Tage, mit der Zeit gewann er das Vertrauen zu mir.
Er spürte, dass ich es gut mit ihm meinte. Der Abstand zwischen uns wurde geringer, und so konnte ich ihn mir genauer betrachten. Er musste etwa acht oder zehn Jahre sein, sein Fell war schwarz und stumpf. Seine Schnauze hatte viele weiße Haare. Seine rehbraunen Augen wirkten traurig, was mag er alles durchgemacht haben. An seiner linken Pfote, die ihn wahrscheinlich schmerzte, konnte ich mir noch nicht ansehen. Zu sehr hatte er noch Angst, dass ich ihm weh tun könnte. Meine ruhige Art und Stimme, ließ ihn langsam Vertrauen zu mir gewinnen, und so konnte ich mir seine Pfote genauer anschauen. Ich stellte nichts Schlimmes fest, wahrscheinlich hatte er sie nur verstaucht.

Angst, den ich mittlerweile so nannte, ging am Abend und war am Morgen, wenn ich auf die Veranda kam, schon da.

Otwin legte das Buch zur Seite, morgen würde er weiter lesen.

Im Traum sah er den Onkel mit Angst,
wie sie den Berg und das Moor erkun-
den.
Da erschien ihm auch Emilja, die von
Weitem etwas sagte. Aber er konnte es
nicht hören. Otwin wollte zu ihr gehen,
doch seine Füße bewegten sich nicht, so
sehr er sich auch an strengte. Sie ge-
horchten ihm nicht.

Dorothea machte sich Sorgen um Otwin,
der in den letzten Tagen immer blasser
wurde. „ Herr Winterstein sind Sie
krank?" „ Frau Senger, unser Vater ist
nicht krank sondern er liest jeden Abend
in dem Buch von seinem Onkel, das wir
im Keller gefunden haben." Kam ihm Valerie zuvor, bevor er antworten konnte.
„Das muss ja sehr interessant sein!"
meinte sie nur.

Otwin konnte es nicht abwarten, bis es
Abend wurde und die Kinder zu Bett gegangen waren. Er war regelrecht von diesem Buch besessen.
Angst blieb immer an meiner Seite, er
wollte mich auf keinen Fall verlieren.

Er ist für mich in den Monaten, die er
schon bei mir ist, ein treuer Freund geworden. Angst begleitete mich sogar ins
Dorf. Er bleibt da immer im Auto, bis ich
wieder komme, das natürlich belohnt
wird. Seine Pfote hat sich dank meiner
Fürsorge gebessert. Angst kam nie ins
Haus, auch nicht in den kalten Winter-
monaten.

Er brauchte seine Freiheit, er kam und
ging, wie er wollte.
Wenn er sich mal morgens verspätete,
rief ich vor Sorge nach ihm.
Sobald ich ihn erblicke, wie er gemäch-
lich die Einfahrt hoch kam, wurde es mir
warm ums Herz.
Heute an einem schönen Herbstnachmit-
tag ging ich mit Angst noch eine Runde
spazieren. Als wir in die Richtung zum
Moor einbogen, blieb Angst stehen, seine
Nackenhaare stellten sich auf, und er
fing an zu knurren. So hatte ich ihn noch
nie gesehen. Ich fragte:„ Was ist los,
Angst?"
Plötzlich rannte er auf das Moor zu und
bellte laut. Als würde er etwas sehen,
was nur er sehen konnte. Ich konnte mir

sein Verhalten nicht erklären, schließlich waren wir schon des Öfteren hier.

Man hörte auf einmal nichts mehr, es war so still.
Einige Tage nach diesem Vorfall kam eine Frau von der Auffahrt hoch.
Ich stand gerade auf der Veranda und hielt Ausschau nach Angst, der sich verspätet hatte.

Otwins Kollegen blieb es nicht verborgen, wie schlecht er aussah.
Einige sprachen ihn darauf an. Er winkte ab und meinte, nur es lege bestimmt was in der Luft. Valerie und Ferdinand wussten, dass ihr Vater bis späht in der Nacht in dem Buch las.
Als sie nah genug war, konnte ich sehen das sie keine Schuhe trug.
Ihre dunkle gelockten Haare trug sie offen. Ich wunderte mich, dass sie nur mit einem dunklem Kleid bekleidet war. Wir hatten schließlich Herbst, und da war es am Morgen schon sehr kalt. Sie war jetzt nah genug, dass ich ihr Gesicht sehen konnte.

Sie sah so wunderschön aus, und mein
Herz fing an zu rasen. Ich lief ihr entgegen und legte meine warme Jacke um
ihre Schultern. Sie lachte nur und meinte,
ihr wäre es nicht kalt.
Jetzt erst, wo ich ihr so nah war, sah ich
dass sie viele bunte Federn in ihrem Haar
trug. Was ihr eine Unnahbarkeit verlieh.
Ich lud sie bei mir ein, dass sie sich auf-
wärmen konnte. Sie nahm dankend an,
ihre Nähe machte mich glücklich. Ich
fragte: „Woher sie käme und wohin sie
gehen wollte?"
Sie gab mir keine Antwort darauf, sie
sagte nur, dass sie Amanda hieße.

Amanda blieb und Angst war ver-
schwunden.
Die Jahre mit Amanda waren harmo-
nisch, wie ich sie noch nie bei einer Frau
erlebt hatte. Sie faszinierte mich, ihre
Fröhlichkeit und Unbeschwertheit waren
einzigartig. Sie war mit der Natur eins,
sie bereicherte mich, ihr Wissen übertraf
meins.
Endlich hatte ich eine Frau in Amanda
gefunden, die das selbe fühlte und verstand.

„Papa, wann bist du mit den geheimnis-
vollen Buch von Onkel Will fertig?"
„ Wir möchten endlich auch erfahren,
was er geschrieben hat!"
„ Kinder, lasst mir noch etwas Zeit! Das
Erfahrene muss ich erst mal verarbeiten."
„ Ist das so gruselig, Papa?" „ Nein nicht,
aber wie es geschrieben wurde mit so
viel Liebe und Hingabe." „ Na gut, wir
geben dir noch einige Zeit, aber dann
wollen wir auch erfahren, was dich so
beeindruckt hat!"

Amanda war seit fünf Jahren bei mir, als
ich merkte, dass sie seit Tagen etwas be-
drückte. Sprach ich sie darauf an, sie
wich mir immer aus.
Doch dann, es musste drei Tage nach
meinem Drängen gewesen sein,
kam sie mit dem heraus, was sie quälte.
Will, die Leute haben mit ihren Erzäh-
lungen über das Moor nicht ganz Un-
recht.
Ich möchte dir an der dritten Vollmond-
nacht etwas zeigen. Da wirst du erfahren,
warum ich zu dir kam.
Weißt du Will, das Leben ist alles nur
eine Bestimmung.

Wir könnten versuchen, es zu ändern,
aber es würde uns nicht gelingen,
denn wir werden von einer geistigen
Welt geführt.

An dem dritten Vollmondtag führte sie
mich zum Moor. Was mich da erwartete,
übertraf all meine Erwartungen.
Das Moor wurde von vielen Glühwürm-
chen erhellt.
„Sieh Will, das sind all meine Schwes-
tern," und sie zeigte auf das Moor.
Viele junge Frauen erhoben sich aus dem
Moor.
Ich musste mich setzen, denn dieser An-
blick war für mich so stark und voller
Hingabe, dass ich weinen musste.
Will, meine Zeit bei dir ist zu Ende,
meine Schwestern warten auf mich.
Ich hatte nie böse Absichten, nur wenige
Auserwählte von uns dürfen dieses er-
fahren. Was es heißt, mit einem Sterbli-
chen zu leben. Wir möchten euch auf den
Weg führen, dass ihr eure Welt achtet
und mit ihr gut umgeht.
Sonst geht euer und unser Lebensraum
dem Ende zu.

Will wußte, was geschehen würde, er musste sich jetzt von Amanda verabschieden. Amanda stieg ins Moor wo sie schon sehnsüchtig von ihren Schwestern erwartet wurde.

Otwin fing bei diesen Worten leise an zu weinen. Jetzt konnte er es verstehen, warum der Onkel stundenlang am Moor saß und bitterlich weinte. In diesem Moment sehnte er sich nach seiner Emilja.

Mein lieber Neffe, wenn du einst dieses Buch lesen solltest,
darfst du das, was du hier erfahren hast, niemals weitergeben.
Es hatte mich immer geschmerzt, wenn du in den Ferien bei mir warst,
konnte ich dir nie die Wahrheit über Amanda und dem Moor erzählen.
Du warst damals noch nicht so weit, um es zu verstehen.
Hättest du sie gewusst, dann wärst du vielleicht den Schritt mit Emilja nicht gegangen.
Heute weiß ich, dass diese Moorfrauen Angst um ihr Moor haben.

Sie suchten uns aus, dass wir Ihnen helfen. Wir müssen unseren Planeten achten und respektieren, dass er niemals seine Schönheit und seinen Zauber verliert. Otwin schlug das Buch zu, er war am Ende.

KAPITEL 16

Er konnte nicht gleich einschlafen, dass was er im letzten Kapitel erfahren hatte, musste er erst verarbeiten.
Valerie und Ferdinand fragten ihn immer und immer wieder, wann sie den Inhalt des Buches erfahren würden. Was sollte er nur tun? Er rief im Geheimen nach seiner geliebten Emilja, er wusste das sie ihn hörte.
Otwin ließ die beiden am Wochenende bei Freunden übernachten.

Am Abend ging er zum Garten und setzte sich auf die Bank, um auf sie zu warten. Er wusste, dass sie ihn schon finden würde. Otwin war erregt, er konnte es kaum noch abwarten, sie zu sehen.
„ Mein Geliebter Otwin, wie habe ich dich vermisst!"

Beide fielen sich in die Arme und küssten sich leidenschaftlich.

Er streichelte ihren erregten Körper, sie legten sich ins Gras und liebten sich. Erschöpft und müde schliefen sie gemeinsam ein. Als sie erwachten, war es schon Mittag, die Sonne stand hoch am Himmel.

„Emilja, was soll ich tun?" „Otwin, ich werde es ihnen erklären."

„Was geschieht mit mir, wenn du und die Kinder von mir gehen?"

„Otwin, das ist dein Schicksal, wie viele vor dir."

Er nahm sie fest in seine Arme und fing bitterlich an zu weinen.

Sie versuchte ihn zu trösten und flüsterte ihm ins Ohr. „Mein Geliebter, ich und die Kinder wir werden immer bei dir sein!"

Das Wochenende mit Emilja war so, als wenn sie nie weg war. Sie lachten und machten ihre Späße miteinander. Es hätte so schön sein können, wie es einst vor vielen Jahren war. Es war die Zeit für Emilja gekommen um zu gehen, Otwin wollte sie nicht gehen lassen. Er nahm sie fest in seine Arme und flehte sie an zu bleiben. Doch Emilja befreite sich aus seiner Umarmung.

Otwin, ich werde immer in deiner Nähe bleiben. Jetzt, wo auch der Zeitpunkt gekommen ist, es den Kinder zu sagen, werde ich mich ihnen vorsichtig annähern, um Ihr Vertrauen zu gewinnen. Schweren Herzens ließ er sie gehen. Am Abend kamen Valerie und Ferdinand nach Haus.„ Na, wie wars?" „ Papa, das war richtig schön bei Hedda und Karl. Ist mit dir alles in Ordnung, du siehst so abgespannt und traurig aus?" „ Ihr habt mir halt gefehlt!"„ Wir waren doch nur zwei Tage weg."

Otwin nahm beide in seine Arme und drückte sie fest an sich. Wie lang werde ich dies noch machen können, dachte er sich. Valerie und Ferdinand schauten sich an und meinten, im Alter wird unser Vater etwa sentimental. Auch Dorothea blieb es nicht verborgen, dass etwas geschehen war.

Um es herauszufinden, musste sie takt-
voll sein. Nach ein paar Tagen sprach sie
die Kinder darauf hin an, warum ihr Vater so deprimiert sei?

Sie meinten nur, er ist in einer Midlifecri-
sis. Das bringt das Alter so mit sich. „Ich
kann mich nicht daran erinnern dass ich
so was hatte."

„Vielleicht haben das nur Männer, Frau
Senger."

„Kinder, was habt ihr mit den Bildern,
die im Hauseingang stehen, vor?"

„Die wollen wir im Haus aufhängen! Wir
sind der Ansicht, die gehören an die
Wände und nicht versteckt im Keller."

„Wissen Sie, Frau Senger? Wir hatten uns
gedacht dass, das Bild, wo das Haus mit
dem Blick auf das Moor auf dem zu sehen ist, im Hausflur rechts an der großen
freien Wand hinsoll. Das andere kommt
ins Büro, da ist Onkel Will mit Amanda
darauf zu sehen."

„ Kinder, das ist eine gute Idee, was
meint euer Vater dazu?"

„ Er hat nichts dagegen, Papa meinte nur
er müsse nicht Bilder vom Onkel aufhängen, um sich an ihn zu erinnern. Er trägt
ihn in seinem Herzen."

„Ich schau mir hin und wieder gern Fotos von meinen Verwandten an.
Da kommen Erinnerungen auf, die man vergessen hat."

„Frau Senger, Sie haben wenigstens eine Familie, wir haben nur uns.
Wir haben anscheinend keine Familie, sonst hätte Papa uns schon von ihr erzählt."
„ Kinder, das glaub ich nicht, jeder hat eine Familie. Ihr solltet euren Vater mal darauf ansprechen!" „ Das haben wir schon so oft, aber er weicht uns immer aus. Deshalb sind wir so froh, dass wir im Keller ein Tagebuch von Onkel Will gefunden haben. Vielleicht steht etwas darin, was auf unsereFamilie hindeutet."

„Nur Papa lässt es uns nicht lesen, er möchte es zuerst lesen. Um dann zu entscheiden, ob wir den Inhalt erfahren dürfen."
„ Valerie, weißt du ob er damit fertig ist?" „ Ferdinand, ich glaube schon, denn er hat es so gut versteckt." „ Woher weißt du das?" „ Er hatte es immer in seinem

Nachttisch, und jetzt ist es nicht mehr darin. Ich glaube, er will nicht, dass wir erfahren, was da geschrieben steht."

„ Gebt eurem Vater etwas Zeit. Wenn der Zeitpunkt gekommen ist wird er es euch zum Lesen geben!"
„ So ist es Kinder, ihr seid noch nicht so weit." „Ach, Papa du bist ein Spielverderber, und so werden wir wohl nie erfahren, was in dem Buch geschrieben steht ." „ Ihr habt doch von Dorothea gehört, wenn für euch die Zeit gekommen ist, werdet ihr es erfahren."
Ferdinand verspürte seit einigen Tagen, dass es ihn in die Nähe zum Moor trieb. Dabei rief eine Frauenstimme immer seinem Namen.
Er konnte der Stimme nicht mehr widerstehen, und so ging er an einem Sonntagmorgen, als alle noch schliefen, zum Moor. Ferdinand sah von Weitem, dass eine Frau ihn schon erwartete.

Als er nah genug war, begrüßte ihn die unbekannte Frau. „ Gehen wir ein Stück spazieren?" fragte sie ihn. „ Wer sind sie und haben sie mich immer gerufen?" „ Ja,

Ferdinand, ich habe dich gerufen. Ich möchte dich und deine Schwester kennenlernen!" „ Warum möchten sie uns kennenlernen, und wie haben sie das gemacht, dass ich sie rufen gehört habe?"
„ Alles zu seiner Zeit Ferdinand, erzähle mir doch etwas von dir und deiner Schwester!"
„ Was soll ich dir von uns erzählen?"
„ Ich glaube, dir wird schon einiges einfallen."
„ Also, ich habe die liebste Schwester auf der ganzen Welt. Als ich noch kleiner war und traurig, da hat sie mich getröstet."
Sie erzählt mir Märchen, wenn ich ins Bett musste. Valerie, so heißt sie, erzählte mir von unserer Mutter. Ich war damals noch zu klein, als sie von uns ging.
" Papa ist seitdem immer so traurig, er hat uns nie den Grund genannt."
„Ferdinand, geh zum Haus zurück, du wirst schon vermisst. Bitte erzähle deiner Schwester noch nichts über unsere Bekanntschaft!"

Ferdinand fand es schon komisch, dass er von ihr, seiner Schwester, nichts erzählen durfte. Er gab ihr sein Versprechen, es nicht zu tun. Denn er wollte sie ja wiedersehen. Diese unbekannte Frau gab ihm das Gefühl, als würde er sie schon lange kennen.

„ Werden wir uns wiedersehen?"

„ Ja, Ferdinand schon bald, werde ich dich rufen!"

Als Ferdinand das Haus betrat, hörte er aus der Küche, wie sich Valerie und Otwin unterhielten.

„Wo warst du?" fragte ihn Valerie.

„ Ich konnte nicht mehr schlafen und so bin ich in den Garten gegangen." „ Seit wann kannst du nicht schlafen?, du bist doch sonst derjenige, der nicht aus seinem Bett kommt."

Otwin wusste wo Ferdinand war, er hätte es ihm am liebsten verboten. Aber es würde an der Sache nichts ändern, es ist bald so weit, dass er sie gehen lassen musste. Otwin wurde es bewusst, dass der Zeitpunkt gekommen war, sich von

seinen geliebten Kinder zu verabschieden. Er würde sie nicht mehr in seine Arme nehmen können.
Das Schlimmste ist für ihn, er würde sie auch nicht mehr aufwachsen sehen.

In den Nächten quälte es ihn und so ließ er seinen Tränen freien Lauf.
Ferdinand traf sich noch einige Male allein mit dieser Frau. In dieser Zeit entwickelte sich zwischen ihnen eine Vertrautheit.
Endlich war es so weit, Ferdinand sollte das nächste Mal seine Schwester mitbringen. Daraufhin erzählte er Valerie, dass er sich am Moor mit einer Frau des Öfteren trifft. „Weißt du, Valerie, sie ist wie die Frau aus meinen Träumen. Sie erzählte mir so viele schöne Geschichten über das Moor und seine Bewohner." An den betreffenden Tag gingen beide zum Moor.

„ Siehst du Valerie, sie wartet schon auf uns?"
„ Ferdinand, das glaub ich nicht, die hat eine Ähnlichkeit mit unsere Mutter. Wer ist sie?"

„ Valerie, das weiß ich doch nicht, ich weiß nur, wenn ich mit ihr zusammen bin habe ich ein Gefühl, als würde ich sie schon mein ganzes Leben kennen."
„ Ferdinand, vielleicht ist unsere Mutter zurückgekommen und will uns auf diesem Wege kennenlernen."
„Glaubst du das wirklich?"

Als die beiden nah genug waren, sahen sie, dass sie nicht allein war.
Neben ihr stand noch eine Frau. Valerie bemerkte, dass sie viele bunte Federn in ihrem Haar trug. Ferdinand zeigte auf diese Frau mit den Federn und flüsterte:
„ Siehst du Valerie, wie die Frau auf dem Bild, das wir in der Kiste gefunden haben aussieht?"
„Sei still Ferdinand, sie können uns bestimmt schon hören!"
„Schön Valerie, dass du mitgekommen bist."
Valerie wurde unsicher, als sie den beiden Frauen gegenüber stand.

„ Was seid ihr für liebe Kinder, ihr habt eine Ausstrahlung, die übertrifft unsere Erwartung."

„ Ihr könnt euch bestimmt denken, wer
wir sind?"

„ Kann es sein, dass du unsere Mutter
bist und neben dir Amanda, die Frau
vom Onkel Will?"

„ Ich glaube, dass wir euch eine Erklä-
rung schuldig sind." Emilja nahm ihre
Kinder an den Händen und meinte:„
Lasst uns an einen anderen Ort gehen!"
Amanda ging voraus, Ferdinand und Valerie folgten ihnen stumm und erwartungsvoll.

Ferdinand kannte das Gebiet um das
Moor, aber wo sie jetzt hin geführt wurden, das kannte er nicht.

„ Habt keine Angst euch wird nichts geschehen!"

Sie liefen erst ein Stück durch ein Wald-
gebiet, als sie an eine Lichtung kamen,
machten sie halt. Sie setzten sich auf einen Holzstamm.

Emilja nahm beide Kinder in ihre Arme
und hielt sie fest an sich gedrückt.

Nie mehr würde sie ihre Kinder allein
zurücklassen. Endlich war der Zeitpunkt
gekommen, dass sie ihre geliebten Kinder mit in ihre Welt nehmen konnte.

„ Ich wollte euch nicht verlassen!" „ Warum bist du trotzdem gegangen?"

„ Es war für mich die Zeit gekommen zu gehen. Ich musste es, auch wenn mir mein Herz etwas anderes sagte."

„Woher ich komme, spürst du, Ferdinand schon sehr lange. Das Moor hat dich genau so angezogen, wie damals euren Vater." „ Heißt das, dass du und Amanda im Moor leben?" „ Das geht doch nicht!"

„ Valerie und Ferdinand, das stimmt schon, aber wir sind besondere Menschen wir können es. Das Moor ist nicht der Ort, wo wir leben, er ist nur der Durchgang zu einer anderen Welt."#

„ Warum kommt ihr da heraus und gründet eine Familie, die ihr dann verlasst?"

„ Ihr habt ja so Recht Kinder, als ich in das Leben eures Vaters trat, wollte ich ihm niemals wehtun. Ihr seid das Zeugnis unserer unsterblichen Liebe."

„ Wusste Papa, wo du bist und warum du gingst?"

„ Ihr dürft ihn nicht die Schuld geben. Er wusste zu dieser Zeit nicht die ganze

Wahrheit. Wenn er die Wahrheit gewusst hätte, wäre er daran zerbrochen".

Ich war immer bei euch, das habt ihr gespürt und in euren Träumen waren wir zusammen. Euer Verstand sagte, dass es nicht sei. Aber mit den Jahren habt ihr es zugelassen.
„ Jetzt ist die Zeit gekommen, wo ihr euch von euren Vater verabschieden müsst und mit mir in meine Welt geht!"
„ Was wird aus Papa?"
„ Euer Vater kann nicht mit in unsere Welt. Wie viele andere vor ihm, ist das sein Schicksal zurück zu bleiben."

Ferdinand und Valerie begannen bitterlich zu weinen. Emilja nahm ihre Kinder in die Arme, um sie zu trösten.
„ Ihr werdet mit mir kommen müssen, denn ihr könnt nicht mehr hier bleiben."
„ Euer Schicksal ist besiegelt worden, als ich euch gebar."
„ Ihr könnt immer euren Vater sehen."
„ Wie ist es da, wo du herkommst? Gibt es auch Kinder?
Müssen wir da auch zur Schule?"

Valerie und Ferdinand hatten noch so viele Fragen. Amanda und Emilja mussten lachen. Sie versuchten den beiden ihre Ängste zu nehmen.

„Wir bringen euch jetzt dorthin, wo wir uns trafen. Ihr werdet euch nur von euren Vater verabschieden. Er wird es verstehen und euch gehen lassen."

Valerie und Ferdinand liefen mit gesenkten Köpfen neben Amanda und Emilja den Weg zurück.

Es war um sie herum still geworden, als wenn der ganze Wald davon wüsste, was ihnen bevor stünde.

Als Valerie und Ferdinand nach Hause kamen, wusste Otwin, was geschehen war. Sie fielen sich in die Arme und weinten erbarmungslos.

„ Seid nicht traurig, wir werden immer mit einander verbunden sein!

Eure Liebe zu mir wird mich am Leben erhalten. Geht jetzt und packt einige Sachen, die euch an das Leben hier erinnern!"

Schweren Herzen gingen sie in ihre Zimmer, um das mit zu nehmen, was sie meinten, das müssten sie mit nehmen.

Am darauf folgenden Tag gingen sie mit
wenig Gepäck aus dem Haus.
Otwin begleidete sie bis zu einer Stelle,
wo das Moor begann.
Dort nahm er etwas abseits Platz und
fing leise mit gesenktem Blick zu weinen
an.
Emilja und Amanda nahmen die Kinder
an den Händen und führten sie ins Moor.
„Habt keine Angst, es wird euch nichts
geschehen! Atmet ruhig und langsam
durch die Nase! Schließt jetzt eure Augen, wir werden euch führen!"
Valerie und Ferdinand wussten, dass
ihnen nichts geschehen würde.
Sie wurden ruhiger, und auf einmal war
das hier und jetzt nicht mehr so wichtig.

Es musste etwa zehn Minuten her gewesen sein, als Emilja zu ihnen sagte.
„ Ihr könnt eure Augen jetzt öffnen!"
Beide zögerten noch, denn sie hatten,
Angst was sie da erwarten würde. Fast
gleichzeitig öffneten sie ihre Augen. Was
sie da sahen, übertraf ihre Erwartungen.

Das Licht war so hell und warm, dass es sie schmerzte. „ Es ist gleich vorüber, ihr werdet euch schnell daran gewöhnen!"
Es herrschte eine außergewöhnliche Stille. Man vernahm nur von der Ferne einige Vögel. Es war alles so bunt und schön. Blumen gab es da in allen Farben zu sehen. Grüne Wiesen und viele Bunte Schmetterlinge, die ausgelassen zusammen Fangen spielten. Es roch nach allerlei Gräsern und Blumen. Die Menschen trugen keine Schuhe und waren mit einfachen weißen Leinenhemdchen bekleidet.
Valerie und Ferdinand waren bei diesem Anblick überwältigt.
Ein kleines Mädchen mit blonden Haaren, die sie zu zwei Zöpfen trug, kam ihnen entgegen und nahm sie an den Händen. Sie ging mit Ihnen in einen Garten, wo viele spielende Kinder waren.
Es gab da keinen Streit und kein Geschrei. Ausgelassen und mit Gelächter tollten sie darin. Man spürte nur Liebe und Harmonie.
Als wenn alles nur eins wäre. Die Gedanken waren Gedanken.

Alles was bisher war, war nicht mehr vorhanden.

Sie erinnerten sich nur noch, dass sie einen geliebten Menschen zurücklassen mussten. Sie wussten, dass der Tag kommen würde, an dem sie wieder beisammen sein werden.

„Mutter, sind wir gestorben?" „ Nein, Ferdinand, ihr seid jetzt in einer Welt der Hoffnung. Ihr Kinder werdet, wenn die Zeit gekommen ist, in die Welt, die vor dem Untergang steht, gehen! Ihr werdet sie retten und die überlebenden Menschen auf den richtigen Weg zu führen."

„ Ihr seid die Hoffnung aller Lebewesen!"

„ All diese Kinder, wie ihr auch, wurden außerhalb vom Moor geboren. Um zu verstehen, was eure Bestimmung ist. Wenn das Leben für immer erlischt, erlischt auch unseres. Und das können wir nicht zulassen."

„ Wie werden wir es wissen, was wir zu tun haben?"

„ Wenn der Zeitpunkt kommt, werdet ihr Kinder es erfahren."

„Ihr werdet den Überlebenden die Hoffnung geben um zu überleben."

„ Und so werden auch wir überleben."

Vor Kummer aß Otwin wenig und hatte kaum Schlaf. Er hat abgenommen und sah blass aus. Er war in sich gekehrt. Das blieb nicht verborgen, all seine Freunde und Arbeitskollegen, sogar Frau Senger sprachen ihn darauf an.

Den Leuten im Dorf blieb es auch nicht verborgen. Da wussten sie, dass es wieder mal so weit sei.

Als die Kinder verschwanden, meinten die Alten im Dorf. Was den Moorfrauen gehörte, das haben Sie sich wieder mal geholt. Immer wenn Valerie und Ferdinand ihren Vater sahen, saß er schon am Moor. Da wo sie ihn zurücklassen mussten.

Sein Schmerz und seine Traurigkeit war ihm im Gesicht anzusehen.

Der Kummer fraß ihn auf. Er war sehr alt geworden, für ihn hatte das Leben keinen Sinn mehr.

Den beiden blieb es nicht verborgen, wie sehr ihr Vater leiden musste.

Als Valerie und Ferdinand nach einer längeren Zeit zu ihrem Vater gingen, bemerkten sie, das da etwas nicht stimmte. Er hatte sie immer mit einem Freudenschrei begrüßt, wenn er sie erblickte.

Doch heute saß er bewegungslos da. Sein Blick starrte ohne Leben zum Moor.

Emilja und die Kinder begruben ihn etwas abseits vom Moor.Wo schon viele Gräber waren.„Mutter, wie oft wird sich das noch wiederholen?"„ Ferdinand, so lange die Erde sich dreht."

Ende

FSC
www.fsc.org
MIX
Papier | Fördert
gute Waldnutzung
FSC® C083411

Zeitfracht Medien GmbH
Ferdinand-Jühlke-Straße 7
99095 Erfurt, Deutschland
produktsicherheit@kolibri360.de